periplaneta

Wenn aus Taten Worte werden

Mörderisches Lesevergnügen wünscht:

Stephan Hähnel: „Gefallen auf dem Feld der Ehe“
1. Auflage, November 2016, Periplaneta Berlin, Edition Totengräber

Inh. Marion Alexa Müller, Postfach: 580 664, 10415 Berlin
www.periplaneta.com

Lektorat: Sarah Strehle (www.lektorat-strehle.de)
Cover, Satz & Layout: Thomas Manegold (www.manegold.de)
Illustration: RAF (Ralf Alex Fichtner)
Autorenfoto: Stephanie Schneider

Gedruckt und gebunden in Deutschland
Gedruckt auf FSC- und PEFC-zertifiziertem Werkdruckpapier

print ISBN: 978-3-95996-022-9
epub ISBN: 978-3-95996-023-6

STEPHAN HÄHNEL

Gefallen auf dem Feld der Ehe

Mordsgeschichten

periplaneta

Fadenscheinig

»Die meisten Frauen wählen ihr Nachthemd
mit mehr Verstand als ihren Mann.«
COCO CHANEL

Nach zwanzig Jahren hätten Klaus und Carla Nolte Chrysanthemen-Hochzeit feiern können, hätten sie an einer Jubiläumsfeier Interesse gehabt. Hatten sie aber nicht.

Sie lebten zwar in einem beeindruckenden Haus, schliefen jedoch in unterschiedlichen Zimmern und begegneten sich nur zum Essen in der Küche. Sie pflegten eine sachliche, aber innige Abneigung. Vernünftige Menschen sind in der Lage, sich zu arrangieren. So auch das Ehepaar Nolte. Beide befanden sich in dem Stadium, in dem es anstrengender schien, nach einem neuen Partner zu suchen, als den derzeitigen zu ertragen.

Klaus arbeitete als Wissenschaftler im Botanischen Garten und schrieb seit Jahren an einer Enzyklopädie über die Sammelleidenschaft bedeutender Botaniker aus den letzten drei Jahrhunderten. Dabei ging er pflanzenweise vor und dokumentierte penibel, wann welches Gewächs zum ersten Mal in den Berliner Boden eingesetzt worden war. Pflanzenhöhe, Durchmesser, Anzahl der Blätter und prozentualer Wurzelanteil wurden genauso erfasst wie Feuchtigkeitsgehalt, Zusammensetzung der Erde und ob diese eher fetter oder magerer Substanz war.

Carla war sich sicher, es gab nur wenige Enthusiasten, die sich für derart detaillierte Albernheiten interessierten. Sie selbst beschäftigte sich als Patentanwältin mit skurrilen Ideen. Erst gestern hatte sie ein Schutzrecht für einen Katzenenthaarungstunnel erteilt, dessen Aufgabe darin bestand, lose Haare auszubürsten. Meist hatte sie aber mit langweiligen technischen Entwicklungen zu tun, die selten innovativ waren.

Als Ausgleich für die ermüdende berufliche Tätigkeit strickte sie in ihrer Freizeit. Nach Socken, Pulswärmern, meterlangen Schals, Pullovern und Taschen hatte sie begonnen, abstrakte Bilder zu stricken. Ein wenig erinnerten ihre Kompositionen an jene Gespinste gefräßiger Raupen, mit denen sich zuweilen Pflanzen im Botanischen Garten herumschlugen.

Ihr Mann, der jedes Mal fast körperlich unter der Invasion von Spinnen, Motten oder anderem saftsaugenden Getier litt, hatte zu einer derartigen Kunst keinerlei Zugang. Erst recht besaß er kein Verständnis dafür, dass diese Zumutungen an jeder Wand ihres Hauses auf ihn lauerten. Auch hasste er das Geklapper der Stricknadeln, was nur dazu führte, dass Carla noch intensiver ihrem Hobby nachging. Dass seine Frau Laternen, Straßenpoller oder vergessene Fahrräder umstrickte, war ja noch zu ertragen. Als sie aber ernsthaft vorschlug, einem 150-jährigen Palmfarn aus der Gruppe der Nacktsamer, der den Besuchern des Tropenhauses zur Begrüßung sein zapfenartiges Organ entgegenstreckte, ein Mützchen zu verpassen, erklärte er sie für vollständig verrückt. Seit diesem Vorwurf hatten sich ihre Gespräche auf das Nötigste reduziert.

Klaus war der aktuelle Beziehungsstatus durchaus angenehm, zumal er vor einem wissenschaftlichen Durchbruch stand und der Ruhe dringend bedurfte. Seine Lieblingsbäume, die Rosskastanien, litten unter der Miniermotte. Braune Blätter störten nicht nur das ästhetische Empfinden der Betrachter, sondern wirkten auch kräftezehrend auf die beeindruckenden Giganten selbst. Keines der Gegenmittel war bisher erfolgreich. Seine Erfindung würde das ändern. Ein dünner Faden, getränkt mit einem Sexuallockstoff und einem Kontaktgift, das bei Berührung innerhalb weniger Stunden tödlich wirkte, wurde um den Baumstamm gewickelt. Billig, effizient und bei einem kurzzeitigen Hautkontakt aufgrund der geringen Dosierung für Menschen ungefährlich. Die Erfindung hatte das Potential, finanziell ein Erfolg zu werden. Es sei denn, ein anderer Botaniker würde ihm zuvorkommen.

Eigentlich war es das Nächstliegende, Carla einfach zu bitten, den Sachverhalt unauffällig zu prüfen. Als Patentanwältin war es für sie eine Leichtigkeit herauszufinden, ob schon ein Kollege ein derartiges Verfahren beantragt hatte. Klaus befürchtete jedoch, dass Carla, nur um ihn zu ärgern, die Idee publik machen würde.

Am kommenden Wochenende war er für den Einkauf verantwortlich. Carla liebte Croissants zum Frühstück, die er regelmäßig vergaß mitzubringen. Diesmal nicht. Auch kaufte er Drachenfutter, wie er Blumensträuße gern betitelte, um eine wohlwollende Atmosphäre zu schaffen. Seine Frau liebte bunte Sträuße, also kaufte er einen. »Passt«, flüsterte er und überlegte sich die Sätze, mit denen er sie umschmeicheln wollte. »Schatz, wir müssen reden!« Natürlich war das nicht die eleganteste Eröffnung, ließ aber alle Optionen zu. Auch wusste er, dass Carla miteinander reden als Fundament jeder Beziehung betrachtete und ihn schon deswegen nicht ignorieren konnte. Kombiniert mit einem Schuldeingeständnis – »Ich habe mich unmöglich verhalten« – und der Bitte um Großzügigkeit – »Kannst du mir noch einmal verzeihen?« – sollten genügen, die verhärteten Fronten aufzulösen. Um vorwurfsvolle Worte zu vermeiden, würde er die Hände auf ihre Schultern legen und die Daumen kräftig kreisen lassen. Dann der alles entscheidende Satz: »Ohne dich bin ich doch gar nichts!«

Es hatte wie erwartet funktioniert. Erleichtert hatte sie ihn umarmt, ein wenig geschluchzt, die Blumen ins Wasser gestellt und die Idee, schön essen zu gehen, zauberhaft gefunden.

Drei Tage später stellte er eine Rolle Zwirn auf den Tisch und berichtete von der Idee, wie man mit geringem Einsatz die bedrohten Kastanien retten könnte. Stolz erklärte er die beiden Komponenten jener Substanz, die der eingeschleppten Motte den Garaus machen würde. Er überließ es ihr, Schlussfolgerungen zu ziehen. Carla erkannte sofort, welches finanzielle Potential die

Erfindung bot. Natürlich durfte niemand davon erfahren, bevor das Patent erteilt worden war. Obwohl es unnötig war, verpflichtete sie ihn zum Schweigen. Sie betrachtete nachdenklich den Zwirn und versenkte das Produktmuster in eine amtliche Tüte des Patentamtes. Zaghaft begann eine Idee in ihr zu reifen.

Zwei Wochen später verkündete Carla begeistert, die Erfindung sei schützenswürdig. Die Summe aus den Nutzungsrechten sei gigantisch.

Lange hatte Klaus seine Frau nicht mehr so strahlen sehen. Er freute sich und nickte dankbar, als sie ihn bat, sich um die Details kümmern zu dürfen. Wie jeden Tag würde er noch eine Runde spazieren gehen und einen Abstecher ins Tropenhaus machen. Als Carla ihm seltsam lächelnd einen selbstgestrickten Schal um den Hals wickelte, glaubte er, etwas von jener Liebe zu spüren, die sich in all den Ehejahren aufgebraucht hatte. Eine Ewigkeit hatte sie nicht mehr für ihn gestrickt. Nicht einmal das nervige Klappern der Stricknadeln hatte er gehört. Sollte er auch nicht. Wohlig kuschelte er sich in das wärmende Gestrick, nicht ahnend, dass der Tod ihn Masche für Masche umgarnte.

Der Scheidungsstammtisch

*»Ehen werden im Himmel geschlossen
und in der Hölle gelebt.«*
MARIA CALLAS

Eva zog genervt die Augenbrauen hoch. »Nochmal!«, sagte sie betont ruhig und wandte sich direkt an Anne. »Wenn du dir meinen Mann vornimmst, und ich Claudias eliminiere, dann könnte Paul sich Renates Kerl annehmen und Renate das mit deinem Ex klären. Und Claudia ist für das Miststück von Paul verantwortlich.«

Bei ihrem Bemühen zu sortieren, wer wen umbringen sollte, klappte Anne der Unterkiefer herunter. Als sie endlich begriff, für wen sie zuständig sein sollte, rutschte ihr beinahe das Glas mit dem Latte Macchiato aus der Hand.

»Kann ich mich nicht um Pauls Exfreund kümmern?«, fragte sie fast flehend. Sie wusste, dass Evas Ehemaliger nicht nur über ein preußisches Gardemaß verfügte, sondern auch dreimal die Woche im Fitnesscenter den Alphatierstatus seines Körpers auffrischte. Ihr klang noch in den Ohren, wie Eva, die Initiatorin ihres wöchentlichen Treffens, davon berichtet hatte, dass ihr Verflossener es liebte, wie ein Berggorilla zu brüllen, wenn er endlich den Liebesakt vollbracht hatte. Seitdem verfolgte Anne die Vorstellung, dass Evas Exmann anschließend gebieterisch auf seine zuckenden Brustmuskeln trommelte, als sei ein schwerer Kampf siegreich gefochten worden.

»Ich meine nur«, ergänzte Anne, »von uns allen bin ich doch nun wirklich die Kleinste und Schwächste. Ich will mich ja nicht drücken. Aber wie soll ich denn diesen Unmenschen ...«

Die fünf treuen Teilnehmer des Scheidungsstammtisches schauten sich nachdenklich an. Die Bedenken der zarten Frau waren nachvollziehbar. Dennoch, keiner der Anwesenden wollte sich freiwillig bereit erklären, diesem Testosteronmonster den Garaus zu machen.

»Kann ich Ihnen noch etwas bringen?«, fragte die Inhaberin des Chokocafés freundlich und nahm das leere Geschirr weg. Zusammen mit ihrer Schwester hatte sie aus den winzigen Räumlichkeiten ein kleines Paradies geschaffen. Beide sorgten dafür, dass die Gäste sich wohl fühlten. Allein ihre Anwesenheit garantierte, dass sich gestresste Mitbürger bei einer Tasse Kaffee entspannten und mit einem Lächeln alles Belastende vergaßen.

»Vielleicht noch ein Stück Kuchen? Heute gibt es Eierschecke. Kann ich wirklich empfehlen.«

Renate hob als Einzige die Hand. Zu Kuchen konnte sie niemals nein sagen. Ein Sprachfehler, wie sie behauptete.

Der wöchentliche Scheidungsstammtisch fand regelmäßig im Chokocafé in Charlottenburg statt. Seit einem Vierteljahr traf man sich jeden Sonnabend in der Bleibtreustraße im Herzen Berlins. Die fünf Leiderprobten informierten sich gegenseitig bei ihren Treffen ausgiebig über die aktuellen Stände ihrer Tragödien und der Ungerechtigkeiten, die ihnen widerfahren waren. In der kleinen Conciergeloge, dem beliebtesten Platz des Cafés, gleich neben dem Eingang, tranken sie köstliche Kaffeespezialitäten in allen Varianten, aßen den selbstgebackenen Kuchen oder futterten Bioschokolade zur Auffrischung des Glückshormonspeichers. Dabei lauschten sie den neuen Ungeheuerlichkeiten und lästerten ausführlich über ihre bösartigen Expartner .

Kennengelernt hatten sich die Leidensgenossen durch eine Anzeige, die Eva in einem Frauen-Internet-Portal aufgegeben hatte, wo sie mit dem schlichten Motto ›Männer sind Evolutionsmüll – Scheidung als Chance‹ nach Gleichgesinnten gesucht hatte. Claudia und Renate hatten sich sofort angesprochen gefühlt. Anne behauptete, sich nur informieren zu wollen, konnte und wollte sich dann aber der kleinen Gemeinschaft nicht mehr entziehen. Als Letzter vervollständigte Paul die Runde. Ihm waren sie auf ihrem Heimweg begegnet, als er weinend und theatralisch am

Straßenrand den vorbeirasenden Autos brüllend zur Kenntnis gab, dass ein Alessandro Tommaso Mastrostefano ein elendes untreues Miststück sei.

Bei ihrem folgenden Treffen und nach drei Gläsern Prosecco waren die Mitglieder des Scheidungsstammtisches übereingekommen, dass, wenn auch nicht die gesamte maskuline Population, so doch zumindest ihre Exmänner, aus einer minderwertigen Linie stammen mussten.

Die wöchentliche Zusammenkunft glich einem Wettbewerb, bei dem man bestimmte, wer den miesesten Charakter hatte ertragen müssen. Detaillierte Beweisführungen über Stunden dokumentierten umfassend das menschliche Debakel, dem jeder der Betroffenen zum Teil jahrzehntelang ausgesetzt gewesen war. Allen tat es gut, in der kleinen separaten Turmloge die Seele durch exzessives Jammern zu putzen. Warum überhaupt eine der beteiligten Personen den Partner geheiratet und über einen längeren Zeitraum bei ihm geblieben war, gehörte zu den Tabuthemen.

Eva hatte ihre Scheidung als wirtschaftlichen Totalschaden umschrieben. Ihr Mann glaubte ernsthaft, seine Männlichkeit mit Hilfe einer fünfzehn Jahre jüngeren Frau und den Errungenschaften der Pharmaindustrie zurückgewinnen zu können. Innerhalb kurzer Zeit verwandelten sich seine Geldbestände in Designerkleidung, elegante Schuhe, sündhaft teure Taschen sowie wertvollen Schmuck. Nach nicht einmal einem Jahr war das Bankkonto geplündert. Der ›Es hat mich völlig unerwartet erwischt‹- und ›Ich kann gar nichts dagegen tun‹-Grund war weitergezogen. Selbst die Kosten der Scheidung waren an Eva hängengeblieben.

Wirtschaftliche Probleme ließen sich für das Dilemma, das Claudia gezwungen hatte, sich von ihrem Mann zu trennen, nicht verantwortlich machen. Ein Staatsanwalt hatte ihr in einem Brief verklausuliert mitgeteilt, dass es mehrere Frauen gleichen Nachnamens gab. Dummerweise hätten alle denselben Ehepartner.

Paul hatte herausbekommen, dass sein italienischer Freund regelmäßig in der Szenebar *Stahlrohr* verkehrte und es mit der Treue nicht allzu ernst nahm. Das Letzte, was Alessandro Tommaso Mastrostefano ihm mitgeteilt hatte, war ein Geständnis. Er habe sich bei einem One-Night-Stand etwas zugezogen, das auch bei Paul eine umfangreiche Behandlung nötig mache.

Renate, deren Mann Archäologe war, hatte jahrelang geglaubt, dass er als Professor in Thailand an der Ausgrabung sensibler Artefakte beteiligt sei. Stattdessen hatte er mit seinem Pinsel asiatische Schönheiten bearbeitet, wie die Fotos auf seinem Handy bewiesen.

Anne hatte sich mit ihrem Partner auseinandergelebt. Besser gesagt, ihr Kinderwunsch war unerfüllt geblieben. Zwar war er stets bemüht, aber die Natur hatte beschlossen, auf seine Gene zu verzichten. Ihr Mann wollte das als Trennungsgrund nicht akzeptieren, schloss aber auch jede andere denkbare Option aus. Eine künstliche Befruchtung durch einen Spender kam für ihn genauso wenig infrage wie eine Adoption. Dummerweise hatte Anne in ihrer Naivität einen Ehevertrag unterschrieben und – was schwerer wog – für seine Firma gebürgt. Damit versuchte ihr Mann nun, sie zu erpressen. Im Falle einer Scheidung würde er Insolvenz anmelden und sie müsste für seine Schulden haften. Noch befand sich Anne im Trennungsjahr. Die Einsicht, dass das Ableben ihres Mannes ihr und ihren künftigen Kindern ein sicheres Einkommen garantieren würde, hatte auch sie von Evas teuflischem Vorschlag überzeugt.

Jedes Mitglied des Stammtisches hatte demzufolge einen nachvollziehbaren Grund, sich Evas Racheplan anzuschließen.

»Du musst die Eierschecke probieren! Geht zwar ungepuffert auf die Hüfte. Aber das ist so was von ein Traum ...«

Anne reagierte nicht auf Renates Schwärmerei. Noch immer schwebte die Frage über dem Tisch, warum gerade sie den Berggorilla eliminieren sollte. Eierschecke würde als Mordinstrument wohl kaum geeignet sein und wenn, dann konnte ja Renate sich dieser Waffe bedienen.

»Süße, nun bleib doch mal ganz ruhig«, sagte Eva, während Claudia Paul zunickte, der daraufhin verständnisvoll seine Hand auf Annes Arm legte. »Selbstverständlich helfen wir dir.«

Selbst Renate bemühte sich, keinen Zweifel zuzulassen, auch wenn sie mehr damit beschäftigt schien, mit der Zungenspitze zu prüfen, ob sich nicht in den Mundwinkeln noch etwas von der leckeren Creme finden ließe. Plötzlich bemerkte sie, dass die beiden Inhaberinnen des Cafés sie beobachteten. Genüsslich verdrehte sie die Augen, um ihr Wohlbefinden zu unterstreichen.

»Können wir nicht jemanden engagieren? Einen Russen oder so?«, fragte Claudia.

»Gute Idee!«, meinte Renate und schlug Paul begeistert auf den Oberschenkel. »Da bekommen wir bestimmt Rabatt.«

»Vielleicht hat der ja so eine Karte, die er abstempelt. Nach vier Aufträgen gibt's den fünften Mord gratis. Das machen die hier im Chokocafé auch«, gab Paul zu bedenken.

»Das ist viel zu auffällig!«, protestierte Eva. »Abgesehen davon haben wird doch gar nicht das Geld dafür.«

Schlagartig war es wieder ruhig am Tisch. Das mit der Bezahlung war wirklich ein Problem.

»Wenn Anne das mit meinem Exmann nicht kann, dann bitteschön, muss sich jemand anderes finden. Freiwillige?«

Eva schaute jedem Einzelnen ins Gesicht. Niemand meldete sich. Claudia meinte plötzlich, etwas in ihrer Tasche suchen zu müssen und fand es offensichtlich nicht. Renate starrte auf ihren Teller, entdeckte dabei einen Krümel, hielt es aber für unklug, ihn in dieser Situation mit der Fingerspitze aufzunehmen. Paul hielt die Luft an.

»Gut, dann müssen wir wohl nächste Woche noch einmal darüber reden«, sagte Anne resignierend.

Die anderen stöhnten auf. Seit sechs Wochen wurde dieser Punkt diskutiert, ohne einer Lösung näher zu kommen.

Um die verschworene Gemeinschaft zu beruhigen, ergänzte Eva: »Ich bin und bleibe optimistisch. Wir werden schon eine Lösung finden.«

Zwei Monate später fand man Evas Mann von einer Hantel erschlagen im Fitnessstudio. Offensichtlich hatte er sich über- und das Gewicht unterschätzt.

Renates Ex wurde von einem Linksabbieger übersehen und überrollt. Fahrerflucht. Zeugen gab es nicht.

Den Heiratsschwindler, dem Claudia auf den Leim gegangen war, hatte man mit einem Loch im Kopf und einer Pistole in der Hand auf einer Parkbank gefunden. Alles deutete darauf hin, dass er sich selbst hingerichtet hatte.

Hobbytaucher fanden zufällig Pauls italienischen Lover mit Betonschuhen auf dem Boden der Spree. Nach Meinung der Polizei hatte er wahrscheinlich der Mafia Geld geschuldet.

Annes Kinderwunsch stand nach dem Tod ihres Mannes nichts mehr im Wege. Der Ärmste war bei einem Treppensturz zu Tode gekommen.

Auch wenn keiner der Mitglieder des Scheidungsstammtisches seiner mörderischen Verpflichtung tatsächlich nachgekommen war, so glaubte doch jeder, dass Gevatter Zufall bei ihm ein Auge zugedrückt hatte. Die wöchentlichen Zusammenkünfte im Chokocafé wurden nach den tragischen Ereignissen sofort abgesagt. Alle Beteiligten hielten es für besser, sich nicht mehr zu treffen, um keinen Verdacht aufkommen zu lassen.

Das Café, in einem der schönsten Häuser Berlins, war wie immer gut gefüllt. Es duftete aromatisch nach frisch gebrühtem Kaffee. Sanfte Swingmusik umschmeichelte die Gäste. In der beliebten Conciergeloge saßen seit Wochen ein paar Feministinnen und stritten aufgebracht darüber, ob es nicht Verrat an der linguistischen Front sei, Streuselkuchen zu bestellen. Der Begriff sei männlich determiniert.

Eine der jüngeren Kämpferinnen gab zu bedenken: »Das Wort setzt sich doch aus ›die Streusel‹ und ›der Kuchen‹ zusammen. Ich finde das vom Sexus betrachtet ziemlich ausgewogen.« Sie erntete nur missbilligende Blicke. Auch der Hinweis, dass sich neue Pflanzen nur säen ließen, wenn ein kontaminierter Boden ausgetauscht würde, überzeugte sie nicht wirklich. Dennoch verstand sie. Es ging ums Prinzip und nicht um faule Kompromisse.

Schließlich bestellten alle Anwesenden des feministischen Stammtisches Eierschecke, um nichts falsch zu machen. Dazu gab es Wasser, weil es sich sprachlich neutral verhielt.

Die beiden Inhaberinnen des Chokocafés sahen sich verzweifelt an. Sie standen hinter dem Tresen, um die Bestellungen abzuarbeiten, bemüht, sich nichts anmerken zu lassen. Natürlich wussten sie von dem Phänomen, dass man alle Unterhaltungen, die in der Turmloge geführt wurden, deutlich verstehen konnte. Ein Student der Physik hatte versucht, es ihnen zu erklären. Danach funktioniere der erkerähnliche Rundbau wie ein Flüstergewölbe. Der Brennpunkt der Schallwellen befinde sich in Höhe des Kaffeeautomaten. Ob die beiden Schwestern es wollten oder nicht, sie mussten alle Gespräche verfolgen. Begeistert hatte der Physikstudent erklärt, dass man diese akustische Besonderheit auch in der Statuary Hall im Capitol in Washington D.C. und in der Kathedrale von Agrigent auf Sizilien beobachten konnte. Der junge Mann hatte geschworen, niemandem davon zu erzählen. Natürlich verstand er das Problem sofort. Es galt, das Geheimnis zu hüten. Kein Gast wollte gerne belauscht werden.

Die Schwestern waren sich bewusst, dass sie künftig jede Woche mehrere Stunden lang den kleinlichen Ausführungen der selbsternannten Sprachaktivistinnen würden lauschen müssen. Ihre Verzweiflung war fast körperlich zu spüren.

Wütend stellte die eine die Kaffeemaschine an, während die andere flüsterte: »Wir waren uns einig. Keine regelmäßigen Gesprächsrunden in der Turmloge. Hast du vergessen, wie viel Mühe es gekostet hat, den Scheidungsstammtisch aufzulösen?«

Sand, der durch die Finger rieselt

»Die Ehe ist gut für Frauen.
Deshalb sollten nur Frauen heiraten.«
Ephraim Kishon

Hellen bewunderte und liebte ihren Mann über alles. Diese Mischung aus Genie und kindlicher Unbekümmertheit faszinierte sie. Professor Fabian Sunder gehörte unbestritten zu den brillantesten Köpfen der Wissenschaft. Die Kollegen achteten oder beneideten ihn. Es gab keinen Studenten der Berliner Humboldt-Universität, der Professor Sunder nicht schätzte. Sein Intellekt war beeindruckend und die wissenschaftlichen Publikationen Meisterwerke der Logik. Die Großzügigkeit, mit der er andere an seinen grandiosen Entdeckungen teilhaben ließ, umschrieb der Begriff *uneigennützig* nur annähernd. Selbst seine ständige Zerstreutheit hatte ihre Bewunderer. Es hieß, genau in jenen Momenten der größten Entrückung steige aus den Tiefen des famosen Gehirns eine Idee, einer schwebenden Seifenblase gleich, in sein Bewusstsein. Ein filigranes Konstrukt, dessen Wichtigkeit ihn vollständig in Beschlag nahm. Des Professors Stärke bestand zweifelsfrei darin, sich auf einen Gedanken zu konzentrieren. Gegebenenfalls konnte er wochenlang die Eingebung in all ihren Nuancen durchdenken. Erst wenn eine akzeptable Lösung gefunden war, kümmerte er sich wieder um die schnöden alltäglichen Nichtigkeiten.

Während der Professor in diesen Phasen die Faktoren einer Idee minutiös analysierte, übte Hellen sich in Geduld. Weder Freunde noch Kollegen – schon gar nicht seine Exfrau, als sie noch nicht verschwunden war – hatten jemals ein derart hohes Maß an Verständnis für die Entrücktheit Fabian Sunders aufgebracht.

Egal, ob er mit einer fremden Aktentasche nach Hause kam, vom Hausmeister überzeugt werden musste, dass seine Wohnungstür eine Etage tiefer lag oder er Hellen in einen fremden Mantel oder einer Unbekannten in ihren half, sie liebte ihn. Selbst als er sie auf dem Parkplatz vergessen hatte und erst zwei Stunden später wieder aufgetaucht war, sie akzeptierte die stammelnde Entschuldigung mit einem Lächeln. Natürlich war dem Professor sein Verhalten peinlich. Regelmäßig bestätigte er, dass sie keine profane Nebensache sei, er sie über alles liebe, was zu beweisen er im kommenden Urlaub gedachte.

Für ihre Geduld war er Hellen unendlich dankbar. Für die freien Tage nahm er sich vor, in einem passenden Moment um ihre Hand anzuhalten. Vorausgesetzt, er würde es nicht vergessen.

Sein wissenschaftlicher Assistent hatte die Idee zauberhaft gefunden, erneut eine Ehe zu wagen, und ihm eine Ferienwohnung in einem kleinen Ort an der Ostsee vermittelt. Seit dem Verschwinden von Professor Sunders erster Frau kümmerte der Assistent sich gezwungenermaßen um des Professors Belange. Vor drei Jahren hatten die Behörden Frau Sunder für tot erklärt und amtlich stand einer neuen Ehe nichts im Wege.

Seit Hellen auf ihn achtete, war alles besser geworden. Sunder war nie wieder einen Tag zu früh am Flughafen erschienen. Die Zeiten, wo er sich gemeinsam mit dem Zoll über das Gewicht und die Leere seines Koffers gewundert hatte, gehörten der Vergangenheit an. Auch bestellte er kein Taxi mehr, um nach Philadelphia oder Boston in Brandenburg zu fahren. Hoffnungsvoll stärkte ihn der langjährige Mitarbeiter in dem Bestreben, sich einer ehelichen Fürsorge zu unterstellen.

Bei so viel Zureden war auch Fabian Sunder davon überzeugt, dass es an der Zeit war, sich bei Hellen zu bedanken. Seitdem sie sich um ihn kümmerte, blieben ihm Peinlichkeiten weitgehend erspart.

Drei Wochen später befanden sie sich tatsächlich an der Ostsee. Keine Termine verlangten nach ihm. Es gab nur einen Eintrag im

Kalender. ›Hozean stellen‹. Es dauerte eine Weile, bis er sich erinnerte, was dieses Kürzel bedeuten könnte. Dann fiel es ihm wieder ein. ›Hochzeitsantrag stellen.‹

Der einsame Platz in den Dünen war paradiesisch. Der Sommer ging zu Ende. Vielleicht war es der letzte warme Tag im Jahr. Nur das Rauschen des Meeres und das Pfeifen eines sanften Windes waren zu hören. Eine rotleuchtende Sonne verabschiedete sich am Horizont. Niemand störte Hellens und Fabians Glück. Mit zärtlichen Blicken ließ der Professor Sand zwischen den Fingern rieseln. Er versuchte die Frage zu verdrängen, wie sich Menge und Körnung von Quarzsand auf die Rieselgeschwindigkeit auswirken. Verwundert erinnerte er sich den Bruchteil einer Sekunde daran, dass ihn diese Frage schon einmal beschäftigt hatte. ›Hozean stellen‹, wiederholte er in Gedanken und konzentrierte sich auf sein Vorhaben.

Schmunzelnd schaute Hellen zu, wie er sorgfältig ihren Körper mit Unmengen von feinkörnigem Ostseesand bedeckte. Sie lachte, als er mit einigen Muscheln den beträchtlichen Berg verzierte. Jeden Moment würde er sie fragen ›Willst du meine Frau werden?‹ Sie wusste, dass er sich die Frage notiert hatte. Sein Assistent hatte sie darauf vorbereitet und sie unverhohlen gebeten, den Professor gegebenenfalls daran zu erinnern.

Wie gefesselt lag sie im Sand. Weder Beine noch Arme vermochte sie noch zu bewegen. Nur den Kopf konnte sie leicht heben. Fast zärtlich wurde ihr Gesicht von der untergehenden Sonne gestreichelt. Endlich war er nur für sie da. Zum ersten Mal konnte sie sich fallenlassen. Eine innere Stimme sagte ihr, dass er gleich die entscheidende Frage stellen würde. Regungslos genoss sie es, ihm ausgeliefert zu sein, und überließ sich ihren Träumen.

Noch einmal dachte der Professor: ›Hozean stellen.‹ Er räusperte sich feierlich und schaute sie liebevoll an. Aber kein Wort kam über seine Lippen. Stattdessen rannte er plötzlich entsetzt den Strand entlang. Denn gerade war ihm eingefallen, wo er seine erste Ehefrau vergessen hatte.

Tiefenrausch

Hier ruht in Gott Adam Lentsch
26 Jahre lebte er als Mensch
und 37 Jahre als Ehemann!
BAYERISCHER GRABSTEINSPRUCH

Es war ein einträgliches Nebengeschäft, das sich die Umweltoffizierin des Kreuzfahrtschiffes *Morpheus* aufgebaut hatte. Clara Brandis wusste, dass eine Seebestattung im Atlantik, dem Mittelmeer oder anderen Weltmeeren gut und gern zehntausend Euro kosten konnte, je nach Ausstattung. Selbst die billigste Variante, die Überreste in einer auflösenden Urne in der Ostsee zu versenken, überschritt so manchen Geldbeutel. Abgesehen davon ließen die rechtlichen Bestimmungen, *wo* sich der Letzte Wille erfüllen durfte, nicht allzu viel Spielraum. Grundsätzlich galt, dass die Asche eines Verstorbenen nur über ›Rauhem Grund‹ verteilt werden durfte. So wurden jene Gebiete genannt, in denen weder Fischerei noch Wassersport erlaubt waren.

Anfänglich hatte Clara Brandis nur ihren ehemaligen Schulfreundinnen Tiziana und Francesca Sabatini einen Gefallen getan und den viel zu früh verstorbenen Padre der Familie vor Sizilien über Bord gehenlassen. Der Vater war in Messina geboren und bestand zu Lebzeiten darauf, nach seinem Tod in der gleichnamigen Meerenge vor Italien auf den Jüngsten Tag zu warten. Einen Umschlag mit Geldscheinen hatte Madre Sabatini Clara in die Hand gedrückt und sie dann mütterlich an ihren gewaltigen Busen gepresst.

Die sizilianische Familie gehörte zu den Gastarbeitern der ersten Stunde und teilte sich seit drei Generationen in zwei Berufsstände auf. Der eine Teil verwöhnte Gäste in der Nähe des Savignyplatzes mit Steinofenpizzen und klassischen italienischen

Pastagerichten. Der andere, weitaus kleinere Familienzweig, kümmerte sich um feierliche Bestattungen. Ob natürliche oder herbeigeführte Ursachen für das Ableben verantwortlich waren, gehörte zur selbst auferlegten Schweigepflicht der Sabatinis. Gleiches galt für die Rezepte des Pizzateiges oder der beliebten mediterranen Soßen. Kein Wunder, dass hinter vorgehaltener Hand behauptet wurde, die Familie Sabatini pflege seit jeher Verbindungen zur Cosa Nostra.

Das Geschäft mit den Leichen florierte allerdings erst so richtig, als Tiziana und Francesca als Bestatterinnen den Familienbetrieb übernommen hatten. Reihenweise Männer jeglichen Alters schlossen vorbeugend Verträge ab, in denen ihre ganz persönlichen und organisatorischen Wünsche hinsichtlich eines späteren Ablebens berücksichtigt wurden. Die Vorstellung, von den zarten Händen der hübschen Bestatterschwestern für die letzte Reise gewaschen und in Form gebracht zu werden, führte zu großzügigen Abschlüssen.

Clara hatte sich gewundert, dass ihre Freundinnen nicht den offiziellen Weg einer Leichenüberführung ins Ausland nutzten. Ein paar Fotos aus der Zeit in Sizilien und die Erklärung, dass der Vater in seiner Jugend ein Conquistatore der Herzen gewesen war, verdeutlichte das Problem. Die Andeutung, dass es einige Nachkommen gäbe, die, sollte der Tod publik werden, Anspruch auf einen Teil des Erbes erheben würden, überzeugte Clara schließlich. Auf der nächsten Kreuzfahrtroute platzierte die Umweltoffizierin die schlichte Urne unbemerkt am frühen Morgen ins blaue Regal rechts neben dem Schiff. Einen Augenblick blieb sie noch an der Reling stehen, schaute aufs Meer und beglückwünschte sich still zu der vielversprechenden Geschäftsidee.

Seitdem waren ein paar Jahre vergangen und diverse menschliche Überreste dem Meer überantwortet worden. Das Geschäft der illegalen Urnenversenkungen boomte und hatte inzwischen internationale Dimensionen angenommen, auch wenn Clara Brandis jeweils nur einen Aschekrug pro Hafen an Bord schmuggeln konnte.

Gründe, ihre Dienste in Anspruch zu nehmen, gab es viele. Entweder gedachten die Hinterbliebenen Geld zu sparen oder es war wichtig, der Öffentlichkeit den Tod einer Person vorzuenthalten oder die Ursachen des Ablebens fielen unter das Gebot der Schweigepflicht. Für die meisten Besatzungsmitglieder der Morpheus' galt die junge Umweltoffizierin als naturverbunden, anders konnten diese sich ihre Vorliebe für Topfpflanzen nicht erklären. Anscheinend besaß sie kein Gefühl für Grünzeug. Egal wie anspruchslos die Gewächse waren, länger als drei Wochen überlebte keinerlei Flora in ihrer Kabine. Wie sollten all die Zimmer- oder besser gesagt Kabinenpflanzen auch überleben, wurzelten sie doch in dem staubigen Substrat, das am Ende einer Kremierung den Familienmitgliedern übergeben wurde.

Ihr letzter Auftrag besaß eine kitschig romantische Komponente. Eine gutsituierte Witwe aus Wilmersdorf wollte dem einzigen Mann, den sie jemals innig geliebt hatte, möglichst nahe sein. Das U-Boot, auf dem er als Funk-Maat gedient hatte, war kurz vor Ende des Zweiten Weltkrieges westlich Madeiras von einem Torpedo getroffen worden. Überlebt hatte niemand. Genau an der Stelle, an der ihr Liebster den letzten Funkspruch abgesetzt hatte, wollte auch sie versenkt werden.

Clara empfand die vergangene Tour auf dem Kreuzfahrtschiff als überaus anstrengend. Durchweg Kurzreisen mit Gästen, die einen Wettbewerb zu veranstalten schienen, wer von ihnen den höchsten Berg Speisen aufeinanderstapeln konnte oder sein Glas in rekordverdächtiger Zeit zu leeren verstand. Einige Male wurde sie von Passagieren mit vollem Mund aufgefordert, das Büfett zu erneuern oder zumindest der Küchencrew Dampf unterm Hintern zu machen.

»Ich bin für die Entsorgung zuständig, nicht für die Versorgung!«, hatte sie einmal wütend geantwortet, als jemand sie mit festem Griff am Arm packte, um darauf hinzuweisen, dass die Mangos zur Neige gingen.

Ihre barsche Reaktion brachte ihr ein ernstes Gespräch bei Kapitän Anton Krusel ein. Seine umfassende Belehrung, welchen Stellenwert Gäste hätten, dass das Personal ersetzbar sei und er auf seinem Schiff keinerlei Unhöflichkeit dulde, beendete er mit der Bemerkung: »Grünpflanzen an Bord sind grundsätzlich verboten. Zuwiderhandlungen gegen die Vorschrift kann Sie Ihre Karriere kosten. Abgesehen davon frage ich mich, was der tatsächliche Grund für den Pflanzenfetisch ist.« Er schaute seine Umweltoffizierin streng an und wartete auf eine Antwort.

Als diese ausblieb, konnte er sich ein Grinsen kaum verkneifen. »Wenn die Töpfe nicht so klein wären, könnte man glatt glauben, dass Sie reihenweise Liebhaber entsorgen.« Offenbar fand er den Witz genial, denn sein lautes Lachen verschaffte ihr genug Zeit, den Schreck aus ihrem Gesicht zu verbannen. Er entließ sie mit unverhohlen genüsslichen Blicken auf ihren Körper und der plumpen Einladung, bei nächster Gelegenheit mit ihm zu speisen. Der Mann war mehr als zwanzig Jahre verheiratet und besaß zwei Kinder, die schon studierten. Er hatte einen zweifelhaften Ruf, was die Förderung jüngerer Kolleginnen anging.

Auch dieser Einsatz auf dem Kreuzfahrtschiff war irgendwann zu Ende. Clara hatte zwei Monate frei. Das peinliche Gespräch auf der Brücke der Morpheus' war längst vergessen. Sie gedachte, den Frühling in Berlin mit ihren Freunden zu genießen, ausgiebig zu shoppen und dem Nichtstun eine völlig neue Dimension zu verpassen. Als sie während eines Shopping-Trips im KaDeWe allerdings einen Anruf erhielt, verschwand ihre Freude schlagartig. Es war Kapitän Krusel, der ihr mitteilte, er habe gleich zwei gute Nachrichten. Die Erste, beide haben das Vergnügen auch auf der kommenden Kreuzfahrt ein Team zu sein. Die zweite Nachricht umschrieb seine Erwartung, dass er gern beim nächsten Kurzbesuch in Berlin auf die zukünftige Zusammenarbeit anstoßen werde. Termin sei in zwei Wochen. Er freue sich außerordentlich, mit ihr um die Häuser zu ziehen und mal richtig die Sau herauszulassen. Ein Tisch im Savoy sei auf ihren Namen bestellt. Er habe extra zur Feier des Tages ein exklusives Vier-Gänge-Menü ausgewählt. Und als Überraschung habe er selbstverständlich keine Kosten und Mühen gescheut und eine seltene und äußerst wertvolle Pilea peperomioides besorgt. Dann kicherte er albern und erklärte: »Unter Fachleuten werden diese Gewächse mit den vollständig unbehaarten, kreisrunden Laubblättern und dem markanten Punkt auch Bauchnabelpflanze genannt.«

Schlagartig war ihr die Freude am Besuch im KaDeWe mit den Freundinnen vergangen. So sehr sich Clara auch bemühte, ihre Anspannung war deutlich zu spüren. Bei einem Prosecco in der Champagner-Bar Jacquart hörten sich Tiziana und Francesca die Sorgen der Freundin kopfschüttelnd an. Kaum hatten sie ihre Gläser geleert, begannen sie gleichzeitig theatralisch auf Clara einzureden. Erst nach einem Stakkato italienischer Schimpfwörter, die ins Deutsche übersetzt Tiere, Körperöffnungen, unschmeichelhafte Beschreibungen und eine zweifelhafte Herkunft fantasievoll miteinander kombinierten, beruhigten die Schwestern sich wieder. Bühnenreif seufzten sie noch ein paarmal, während die sonst so liebevoll salbenden Hände sich in der Umsetzung unausgesprochener Mordideen schon ein wenig übten.

»Du kannst unmöglich zu diesem Essen gehen und dich mit dem Kerl treffen«, warf Tiziana ein und strich sich langsam über die Stirn.

»Aber nicht zu erscheinen, würde ihre Karriere beenden!«, gab Francesca zu bedenken. »Der Kerl geht doch über Leichen! Wie lange ist er verheiratet?«

Clara steckte sich symbolisch einen Finger in den Hals, um deutlich zu zeigen, was sie von altersgeilen Säcken hielt.

»Irgendetwas müssen wir uns einfallen lassen«, rief Tiziana aus. »Vielleicht sollten wir mit ihm reden.«

»Tra il dire e il fare c'è di mezzo il mare«, empörte sich Francesca.

Clara schaute ihre italienischen Freundinnen verständnislos an.

»Zwischen Reden und Tun liegt die Hälfte des Meeres«, übersetzte Tiziana.

»Ich versteh kein Wort!«, bemerkte Clara mit einem verzweifelten Unterton und bestellte eine weitere Runde Prosecco.

»Bella Clara, mach dir keine Sorgen. Die Interpretation des Sprichwortes überlass getrost uns.«

Dann stießen die drei Freundinnen an und tranken das prickelnde Gesöff in einem Zuge aus.

Sandra Krusel machte sich schon seit Jahren nichts mehr vor. Dass ihr einst geliebter Kapitän in fremden Gewässern fischte, war ihr bekannt. Für ihn hatte sie einen Jungen und ein Mädchen zur Welt gebracht, sie aufgezogen und darauf geachtet, dass sie sich zu anständigen Menschen entwickelten. Ihr Erstgeborener studierte in London Anglistik und die Tochter in Bonn vergleichende Literaturwissenschaft.

Anton Krusel liebte seine Kinder über alles. Daran hatte es niemals einen Zweifel gegeben. In seinem Sohn entdeckte er sich selbst wieder. Er war sich absolut sicher, mit Vaters brillanten Genen würde der kleine Kapitän auch im künftigen Leben Kurs halten. Nach der Geburt des zweiten Kindes hatte er in jeder freien Minute liebevoll seine Prinzessin in den Armen gehalten. Das Glück schien perfekt. War es auch, bis zu jenem Moment, als Sandra Krusel sich um die Wäsche seiner letzten Reise kümmerte. Sie entdeckte ein langes braunes Haar zwischen der Unterwäsche. Das dritte innerhalb weniger Monate. Erstaunlicherweise war sie nicht einmal überrascht. Blond und rot waren ihr schon begegnet. Ihr Gatte, der Kapitän eines stolzen Kreuzfahrtschiffes, ließ keine Gelegenheit aus.

Sobald die Kleine im Bett und sie alleine waren, gab Sandra Krusel eine kurze aber eindeutige Erklärung ab, dass ihr Teich künftig Naturschutzgebiet sei. Jeder Versuch, sich dem zu nähern, würde mit Sanktionen beantwortet werden. Wenn ihm also der Kontakt zu seinen Kindern wichtig sei, rate sie ihm, Distanz zu halten und sich nur noch um die finanziellen Belange zu kümmern. Sollte ihr zu Ohren kommen, dass er den Service an einer der Passagierinnen und ihm untergebenen Offizierinnen zu ernst nehme, gedenke sie dafür sorgen, dass er nicht einmal mehr als Smutje eine Anstellung finde.

Anton Krusel hatte sich daran gehalten, jedenfalls solange die Kinder noch zu Hause lebten. Seitdem sie aber mit dem Studieren begonnen hatten, waren die Drohungen seiner Frau wirkungslos. Er löste zwischen zwei Reisen die gemeinsamen Konten auf und überließ ihr lediglich ein mageres Taschengeld. Zwar ernährte der Betrag sie, schränkte sie aber in ihrer Lebensführung beträchtlich ein.

Das Angebot des Bestattungsunternehmens Sabatini, einen Teil der großzügigen Lebensversicherung des Gatten in ein Begräbnis der besonderen Art anzulegen, kam genau zum richtigen Zeitpunkt.

Der Autounfall auf der Avus in Berlin schaffte es bis in die Schlagzeilen der regionalen Nachrichten. Ein gestohlenes Kleinlastfahrzeug einer Berliner Gerüstbaufirma hatte den Unfall verursacht. Für den Kapitän der Morpheus' kam leider jede Hilfe zu spät. Die schlecht gesicherte Ladung hatte sich bei dem Aufprall gelöst und mehrere Gerüststangen hatten Anton Krusel aufgespießt. Vom Fahrer des gestohlenen Transporters, von dem einige Zeugen meinten, es könne eine Frau gewesen sein, fehlte jede Spur.

Sandra Krusel bekam von der Kreuzfahrtgesellschaft eine Freifahrt zur Trauerbewältigung geschenkt. Sie hatte darum gebeten, jene Reise machen zu dürfen, auf der ihr geliebter Kapitän über so viele Jahre Dienst getan hatte. Dem stimmte die Geschäftsführung zu und sorgte dafür, dass sie eine der besonders exklusiven Kabinen auf der Morpheus bekam.

Im stillen Morgengrauen standen die Umweltoffizierin Clara Brandis, die Schwestern Sabatini und die elegant schwarz gekleidete Kapitänswitwe Sandra Krusel schweigend an der Reling. Ein schlichter Keramiktopf aus dem Discounter mit einem exotischen Gewächs stand vor ihnen.

»Wir sollten beginnen«, bemerkte Tiziana und es klang angemessen feierlich. »Wollen Sie?«

Die schwarz gekleidete Frau nickte kurz und trat einen Schritt vor. »Geliebter! Ich habe zwei gute Nachrichten. Erstens, die Versicherungsgesellschaft hat ohne Wenn und Aber gezahlt. Danke für deine Weitsichtigkeit und die großzügige Lebensversicherung.«

»Und zweitens?«, fragte Francesca neugierig.

»Zweitens! Tja, was soll ich sagen. Dieser kleine Steward, der seine Aufmerksamkeit besonders auf das Wohlbefinden einer trauernden lange enthaltsam lebenden Kapitänswitwe gerichtet hat, versteht seinen Job tadellos. Ein wirklich talentierter Tröster.«

Die vier Frauen fingen an zu lachen. Dann schauten sie auf die ruhige See, die das Kreuzfahrtschiff Morpheus umgab. Als die Sonne am Horizont aufging, gab Sandra Krusel dem Topf mit den Überresten ihres treulosen Mannes einen kleinen Stoß. Es dauerte nicht lange, bis das Gefäß ins Wasser klatschte.

»Ups!«, bemerkte die gutgekleidete Frau und zog die rechte Augenbraue hoch. »Kapitän über Bord!«

Ihre Begleiterinnen versuchten ernst zu bleiben, was ihnen nicht sonderlich gut gelang.

»Herzliches Beileid! Wir leiden mit Ihnen!«, bemerkte Francesca mit professionellem Bestatterblick.

»Dito!«, kam es über Tizianas Lippen.

»Wusstet Ihr, dass die Bauchnabelpflanze auch Glückstaler genannt wird?«, fragte Clara Brandis mit ernster Miene. Erstaunt schauten sie dem kleiner werden Punkt im Wasser hinterher.

Mit weit ausladender Geste rief schließlich die Witwe, während sie theatralisch ihr Taschentuch dem Wind überließ: »Mädels, wir sind in drei Stunden in Saint-Tropez. Zeit für ein Champagnerfrühstück!«

Gefallen auf dem Feld der Ehe

»Manche Ehe ist ein Todesurteil,
das jahrelang vollstreckt wird.«
August Strindberg

Ob zwei Menschen einander mögen oder sich nicht zueinander hingezogen fühlen, wird mit den Erkenntnissen der Naturwissenschaften erklärt. Die Chemie entscheidet. Entweder man kann sich riechen oder eben nicht.

Zuweilen verpaaren sich aber auch Exemplare wider jegliche Vernunft. Kaum dass sich die Ursuppe ihrer Beziehung aufgeklart hat, stellen sie dann mit tiefster Resignation fest, dass sie einem Irrtum unterlegen sind. Die Frage, warum diese Paare zusammenbleiben, vermögen Beziehungsforscher bis heute nicht eindeutig zu beantworten.

Derartige Gedanken hegte Hannelore Baldowsky nicht, als sie angewidert ihren Mann Lothar betrachtete, der – einer speckigen Robbe nicht unähnlich – im Fernsehsessel eingeschlafen war. Alle paar Sekunden stöhnte oder grunzte er zufrieden. Wütend strickte sie weiter, um die Zeit totzuschlagen. Die Fernbedienung lag unglücklicherweise unter dem Gatten begraben. Diese Runde ging an ihn.

Sie schaute auf die Kaminuhr, ein Erbstück ihrer Mutter. Lothar hasste das tickende Monstrum. Für Hannelore war dies allein Grund genug, den Chronometer, der an Hässlichkeit nichts zu wünschen übrig ließ, so zu platzieren, dass ihr Mann ihn ständig sehen musste. Glaubte Hannelore den Zeigern, war es genau 21:00 Uhr. Zeit, die Initiative zu ergreifen und den Punktestand auszugleichen.

Leise stand sie auf und schloss vorsichtig das Fenster, von dem man aus auf den Großen Wannsee schauen konnte. Dann schaltete sie alle Lichter im Zimmer an und drehte energisch den Regler der Gasheizung auf Maximum, der mit einem Knacken auf die unsensible Behandlung zu protestieren schien. Lothar mochte neunzehn Grad Zimmertemperatur. Hannelore empfand alles unter dreiundzwanzig Grad als arktisch. »Zwei zu eins«, flüsterte sie, streckte ihrem Mann die Zunge raus und konzentrierte sich wieder auf die Stricknadeln. Es war ein immerwährender Kampf, den beide um das Licht, die Wärme oder die Fernbedienung führten. Wann immer jemand den Raum verließ, der Status der Wohnung änderte sich augenblicklich.

»Wenn ... das Herz ... denken ... könnte, stünde es ... still«, murmelte ihr Mann verschlafen und wälzte den Kopf auf die andere Seite. Lothar Baldowsky hatte den Satz während ihres Lissabonaufenthalts in einem Buch gelesen und sie den gesamten Urlaub damit gequält.

Hannelore erinnerte sich, dass ihm der Satz zum ersten Mal über die Lippen gekommen war, als sie in einem kleinen Restaurant am Ufer des Rio Tejo gesessen hatten. Sie war etwas zu spät vom Shoppen gekommen und er hatte schon ungeduldig für beide bestellt. Während er genüsslich seinen Teller betrachtete, hatte sie angewidert im Mittagessen herumgestochert. Cozido à portuguesa. Der mit verschiedenen Sorten Fleisch, Blutwurst, Schweinefüßen, Kartoffeln, Möhren, Erbsen, Kohl und Reis servierte Eintopf war eindeutig nicht nach ihrem Geschmack.

Da alle Dinge eine Seele haben, wie Hannelore ständig predigte, bestand die Gefahr, dass der portugiesische Eintopf ein Trauma erlitt. Bei einem derart von Ekel verzerrtem Gesicht konnte auch das gutwilligste Gericht jegliches Selbstbewusstsein verlieren. Lothar verhinderte das, indem er mit sichtlicher Freude erst seine und anschließend genüsslich auch ihre Portion verspeiste. Allerdings war sein Grund eher pragmatisch als esoterisch. Es schmeckte ihm einfach. Appetit war eine Gabe, mit der ihn die Natur reichlich ausgestattet hatte. Hannelore ernährte sich etwas später, wie all die Tage davor, mit gerösteten Kastanien.

Die Temperatur im Wohnzimmer war innerhalb kurzer Zeit beträchtlich gestiegen. Unruhig wälzte Lothar seinen Kopf hin und her. Ein Zeichen, dass ihn unangenehme Träume plagten.

Hannelore nahm es mit Freude zur Kenntnis und bemühte sich, die Stricknadeln möglichst leise aneinander zu reiben.

»Herz ... denken ... könnte ...«, brabbelte er kurzatmig und schien sich an den Wörtern fast zu verschlucken.

Sie hasste den Satz. Seit Monaten bekam sie ihn nicht mehr aus dem Kopf. Er liebte derartige Sinnsprüche. Etliche Male am Tag wiederholte er den Ausspruch, wobei die Betonung immer mehr ins Pathetische abglitt. *»Wennnn ... daaaaas ... Herrrzzz ... denken könnte ... stünde es ... still!«*

Es gab viele Gründe ihren Mann zu hassen, aber diese Eigenart schien Hannelore nach all den Ehejahren der nachvollziehbarste Grund zu sein.

Gelang es ihr nach gebetsmühlenartigen Predigten hinsichtlich seines Körperzustandes, ihn zu einem Spaziergang am Ufer des Wannsees zu zwingen, rächte Lothar sich mit Max Liebermanns Äußerung: »Ich kann gar nicht so viel fressen, wie ich kotzen möchte!« Allerdings hatte der Berliner Maler mit diesen Worten die Machtergreifung Hitlers kommentiert. Daraufhin schimpfte sie ihn einen Bewegungslegastheniker. Er konterte mit der Behauptung, dass sie ihn an einen Hautständer erinnere oder einer Muskelspinne gleiche.

An eine besonders schreckliche Phase seiner literarischen Ergüsse erinnerte sie sich mit Grausen. Sie waren für einen Kurztrip nach Prag gefahren und Lothar hatte eine Biographie über Kafka studiert. Das Lesen erfolgte schweigend, bis er einen Ausspruch von Kafka entdeckte, den er entzückend fand. »Töten Sie mich, sonst sind Sie ein Mörder!«

Nach drei Tagen, diversen Spaziergängen durch die Altstadt Prags und schier unendlichen Wiederholungen Kafkas Verzweiflungsrufes, war Hannelore der Kragen geplatzt. Entnervt entschlüpfte ihrem Mund die Bemerkung, dass Kafkas Gedanke durchaus eine Win-win-Situation sein könnte. Daraufhin hatte die angeblich bessere Hälfte beleidigt getan, ihr aber weitere literarische Ergüsse erspart.

Lothars Atemzüge wechselte inzwischen von einem Stöhnen in ein wehklagendes Ächzen, welches unregelmäßig durch ein unerklärliches Schmatzen unterbrochen wurde. Sein Anblick war eine Zumutung, die Geräusche aus seinem Rachen eine Beleidigung für ihre Ohren und, was noch schwerer wog, das Fernsehprogramm war schrecklich. Die Überlegung, ihre Hand unter seinen massigen Körper zu stecken und womöglich seinen schwabbligen Hintern anzufassen, um an die Fernbedienung zu gelangen, verwarf sie, da diese Annäherung falsch verstanden werden konnte. Es war Sonnabend, der klassische Sextag, und in den letzten elf Wochen hatte sie sich erfolgreich drücken können. Mit zusammengekniffenen Augen und hängenden Mundwinkeln betrachtete sie das ihr angetraute Adipositasgebilde. Etwas musste geschehen. Punkt 21:47 Uhr entschied Hannelore, ihren Mann umzubringen.

Sie konnte nicht wissen, dass Lothar Baldowsky schon seit Monaten mit dem Gedanken, sich seiner Frau zu entledigen, liebäugelte. Er hatte im Schubfach ihres Nachtschränkchens ein Tagebuch entdeckt mit dem Titel: *Liste lotharischer Ignoranz*.

Seit Jahren hatte Hannelore penibel all die angeblichen Vergehen und Schwächen notiert. Fassungslos blätterte er in dem Machwerk herum.

Donnerstag: 17.3.

Offengelassener Toilettendeckel. Hände nicht gewaschen. Umgekrempelte Socken. Herumliegender Schlüpfer (geschätzte fünf Tage alt). Zahnpastatube offen und angetrocknet. Werde ihn ein bisschen nerven und verlangen, dass die Möbel nach asiatischen Regeln umgestellt werden.

Freitag: 18.3.
Lothar hat wieder mit dem Messer in der Butter gebohrt. Frühstückstisch nicht abgeräumt. Im Stehen gepinkelt. Offengelassener Toilettendeckel. Habe ihm daher heute einen Bergkristall ins Bier gelegt und behauptet, es würde gegen die Verdunkelung seines Gemüts helfen. Konnte das fassungslose Gesicht leider nicht fotografieren.
Angenehme Nebenwirkung des Bergkristalls: stundenlanges Schweigen. Muss ich unbedingt bei Gelegenheit wiederholen.

Sonnabend: 19.3.
Ohren-, Nasen- und Bauchnabelhaare in der Wanne gefunden. Finger- und Fußnägel im Waschbecken. Spekulierte wahrscheinlich auf Sex. Hi, hi! Träum weiter! Abends hat Lothar mit einer Büroklammer in den Tiefen seines Bauchnabels gekratzt. Die abgeschnittenen Haare jucken wohl. Habe mich für Migräne entschieden und heimlich die Gasheizung auf höchste Stufe gedreht. Zu hohe Temperaturen lösen bei ihm Panikattacken und Alpträume aus.

Sonntag: 20.3.
Der Kerl hat meine Zahnbürste benutzt! Konnte mich erst beruhigen, nachdem ich Lothars Lieblingsgummibaum mit kochendem Wasser gegossen habe.

An dieser Stelle der Lektüre wurde Lothar bewusst, dass seine geliebten Pflanzen nicht wegen mangelnder Pflege oder eines fehlenden grünen Daumens eingingen. Das Klappergestell von Ehefrau hatte sie kaltblütig ermordet und scheinheilig behauptet, dass er die Pflanzen totgepflegt habe. Er überflog weitere Eintragungen kopfschüttelnd und charakterisierte die Verfasserin der Schmähschrift mit der wenig schmeichelnden Umschreibung *Miststück*. Er würde sich rächen, soviel stand fest.

Anfänglich begnügte er sich damit, ihre glückbringenden Heilsteine zu zerstören. Der Rosenspat platzte vorzüglich, als er ihn der Wärme eines Föns aussetzte. Die Bernsteinsammlung vertrug sich mit dem WC-Reiniger nicht. Und die Lieblingsamethystdruse setzte er beim Staubwischen der Erdanziehung aus, was dem glitzernden Staubfänger erwartungsgemäß nicht bekam.

Natürlich glaubte Hannelore keinen Augenblick lang an Zufälle. Über Nacht versteckte sie ihre Gesundheits- und Glückssteine an einem sicheren Ort. Wenige Tage später gingen ungewöhnlich viele der geliebten Pflanzen ihres Mannes ein.

Die Idee, seiner Frau ein Ende zu setzen, kam Lothar, als er im Café A Brasileira in Lissabon saß und die doppelte Portion Mittagessen verdaute. Es war das Stammcafé des portugiesischen Dichters. Er las in dem Buch der Unruhe und schlürfte einen Espresso. Es war eine seiner Angewohnheiten, auf Reisen Werke zu lesen, in denen die Schriftsteller den jeweiligen Urlaubsort atmosphärisch beschrieben. In Barcelona hatte er einen schockierenden Krimi von Vázquez Montalbán gelesen, in Venedig auf dem Markusplatz *Commissario Brunettis siebzehnter Fall* von Donna Leon und in Paris auszugsweise *Die menschliche Komödie* von Honoré de Balzac. Es gab immer einen Gedanken, den zu zitieren es sich lohnte. Doch keiner der Autoren hatte ihn bisher so nachdenklich gestimmt wie Lissabons wichtigster Dichter. Fernando Pessoa. Außerdem nervte es seine Frau, wenn er ihn zitierte: »Wenn das Herz denken könnte, stünde es still.«

Es amüsierte ihn, wie Hannelore damit kämpfte, nicht die Beherrschung zu verlieren. Aber als er im Café A Brasileira die Worte wieder und wieder rezitierte, verdrehte sie genervt die Augen und bezeichnete die Eigenart, Sinnsätze zu zitieren, als abartig. Dann schaltete sie ansatzlos in den Modus *Beleidigt* um und massakrierte eine Pastéis de Nata, ein Blätterteigtörtchen, bis deren sahnige Puddingmasse den gesamten Teller verschmiert hatte. Die Reaktion verriet ihm, dass Pessoas Gedanke das Potential besaß, in den Top Ten nerviger Weisheiten ganz oben zu stehen.

Allerdings waren es weniger die Aussprüche, die der portugiesische Nationaldichter seinem Protagonisten, einem Hilfsbuchhalter, in den Mund legte, als vielmehr die Idee, sein Werk unter mehreren Heteronymen zu verfassen. Lothar Baldowsky fand es genial, unterschiedliche Namen zu verwenden und jedem eine eigene Biographie zuzuordnen, um mit diesen erfundenen Persönlichkeiten literarisch tätig zu sein. Natürlich war das ein bisschen schizophren aber auch beruhigend.

Seit jenem Nachmittag, als er im Café A Brasileira den melancholischen Klängen des Fado lauschte, zerbrach er sich den Kopf, wie er es anstellen sollte. Einen Mord zu begehen, bedurfte einer genauen Planung. Dass Hannelore Opfer eines tragischen Unfalls sein würde, schien ihm am unverfänglichsten zu sein. Außerdem ersparte es eine Menge Fragen. Den Mord so zu arrangieren, dass die Polizei ihm nichts nachweisen konnte, traute er sich, als leidenschaftlichen Krimileser, ohne weiteres zu.

All die mörderischen Überlegungen scheiterten jedoch an der Tatsache, dass er künftig mit der Schuld leben musste. Nicht dass Hannelore ihm noch etwas bedeutete, aber ein unbestimmtes Reuegefühl dürfte ihn nachts wach liegen lassen. Daran gab es keinen Zweifel. Sich ständig an seine verhärmte Frau zu erinnern, galt es zu vermeiden. Monatelang fand Lothar keine Lösung für das Problem.

Als er an diesem Abend im Fernsehsessel langsam wegduselte, erinnerte er sich erneut an Pessoas Eigenart, mit unterschiedlichen Pseudonymen die Dinge voneinander zu trennen. Im Zustand des Dahindämmerns erkannte er schlagartig die Lösung. Zufrieden murmelte er erneut den grandiosen Satz: »Wenn ... das Herz ... denken könnte ...«, und schlief, der gehassten Schwiegermutteruhr über dem Fernseher einen letzten Blick zuwerfend, ein. Er würde die Tat als eine andere Persönlichkeit verüben.

Um 22:38 Uhr erwachte Lothar Baldowsky durch ein beunruhigendes Herzrasen. Die Temperatur im Raum war unerträglich. Er war durchgeschwitzt und es dauerte eine Weile, bis sein Atem sich wieder beruhigt hatte. Wütend drehte er ruckartig die Heizung auf Froststellung, so fest er konnte. Ohne eine Antwort zu erwarten, fragte er: »Willst du mich umbringen?«

Ihr Schulterzucken konnte alles bedeuten. Die nächste Stunde zappte er durch das Fernsehprogramm, eine Eigenart, von der er wusste, dass es Hannelore aufregte. Im Gegenzug entzündete sie mehrere Räucherstäbchen, angeblich um ein bestmögliches Auflösen feinstofflicher Belastungen zu gewährleisten. Regelmäßiges Räuchern gehörte zu den wirkungsvollsten Waffen im täglichen Ehekrieg. Eine Stunde später beendete das Ehepaar Baldowsky ihr tägliches Scharmützel und ging schlafen.

Beide lagen auf dem Rücken, starrten in die Dunkelheit und hingen noch eine kleine Ewigkeit ihren Mordgedanken nach. Hannelore bedauerte, dass das Kabel der albernen Lampe, die er zum Lesen in der Badewanne nutzte, nicht lang genug war. Den Kerl die Treppe hinunterzustoßen, barg die Gefahr des Misserfolges, weil sein gepolsterter Körper womöglich nur über die Stufen rollen würde. Ihre Überlegung, eines der gehassten Bücherregale umzustoßen, um sein Genick zu zerschmettern, würde bedauerlicherweise schon am schieren Gewicht der alten Möbel scheitern.

Lothar liebäugelte währenddessen mit einer Tat, die schrecklich tragisch und dennoch fantasievoll war. Sie könnte stolpern und in ihre Stricknadeln fallen. Beim Bestücken des energetischen Wasserbehälters würde sie einen Fehler begehen und an den austretenden Giften eines angeblichen Heilsteins sterben. Noch schöner wäre es, wenn ein unbekanntes urzeitliches Bakterium sich aus einem ihrer Schüßler-Salze lösen würde, um sich genüsslich an ihren Innereien zu laben.

Über ihre mörderischen Gedanken schlief das Ehepaar Baldowsky schließlich gegen 0:34 Uhr ein, nicht ahnend, dass ihr Kampf um die optimale Raumtemperatur dazu geführt hatte, dass die Flamme der Gasheizung erloschen war.

Den Rest erledigte der Mann vom Paketdienst am nächsten Morgen um 08:57 Uhr, als beim Betätigen des Klingelknopfes ein winziger Funken entstand.

Wenn Witwen schnurren

»Im ersten Ehejahr strebt ein Mann die Vorherrschaft an.
Im zweiten kämpft er um die Gleichberechtigung.
Ab dem dritten ringt er um die nackte Existenz.«
George Bernard Shaw

Corinna Events' eheliches Bündnis scheiterte daran, dass ihr Gatte sie beim Fünf-Uhr-Tee vor die Alternative gestellt hatte: »Darling, entweder ich oder die blöden Viecher!«

Allein die Formulierung ließ sie nicht lange überlegen. Noch bevor sie ihre Tasse Earl Grey auf der Terrasse ausgetrunken und sich ein Anisgebäck auf der Zunge hatte zergehen lassen, fällte sie das Urteil. Sie entschied zugunsten der sieben haarigen Vierbeiner aus sechs Ländern, denen sie in den letzten zwei Ehejahren ein neues Zuhause gegeben hatte. Die schmusenden Katzen waren eindeutig pflegeleichter, mäkelten nicht ständig an ihrem Aussehen herum und verfügten über das natürliche Gespür, wann Frauchen eine Schmuseeinheit benötigte.

Dem ehemaligen Lieutenant Colonel der längst abgezogenen Berlin Infantry Brigade Henry Paul Events ging derartige Sensibilität ab. Zwar behandelte er seine Gattin mit Respekt, aber genauso begegnete er auch Untergebenen.

Corinna war in all den Jahren zu der Überzeugung gelangt, dass er jeden Einzelnen von ihnen, sie eingeschlossen, für das Vaterland oder besser gesagt, für ihre Majestät die Queen auf dem Feld der Ehre opfern würde. In der Anfangsphase ihrer Beziehung hatte sie diese Einstellung als männlich empfunden, ein hormonell bedingter Irrtum, wie sie sich spätestens seit dem klärenden Fünf-Uhr-Tee-Gespräch eingestehen musste.

Corinna hatte Henry Paul vor über zwanzig Jahren auf einem Offiziersball kennengelernt. Sie war jung und er beeindruckend.

Den beträchtlichen Altersunterschied vernachlässigte sie, trotz Warnung der Eltern und Freundinnen. Wahre Liebe kümmere sich nicht um derart schnöde Details. Damals war sie von seiner Erscheinung und vor allen Dingen von der Gardeuniform geblendet.

»Was für ein Mann«, huschte über ihre Lippen, als dieser zielstrebig durch den Saal marschierte, an den Tisch trat, akkurat Haltung annahm und die, mit einem weißen Handschuh verzierten Finger, ausstreckte.

Taktisch klug hatte der Lieutenant Colonel sie zu einem Walzer aufgefordert. Anschließend war es ihm gelungen, ihr mit einigen White Russians die Sinne zu vernebeln. Die Abendoffensive endete schließlich auf dem Schießplatz des Bataillons. Dort erbrachte er den Beweis, dass er in der Lage war, innerhalb beachtlich kurzer Zeit, mehrfach zum Schuss zu kommen. Ein derart kühnes Vorgehen erzielte Wirkung. Drei Monate später heirateten sie.

Die Begeisterung verflog jedoch genauso schnell, wie sie gekommen war. Die horizontalen Aktivitäten reduzierten sich zunehmend zu einem langweiligen Sonntagsscharmützel. Das Interesse an ihr ließ schlagartig nach. Er fühlte sich anderen Aufgaben verpflichtet und verbrachte die meiste Zeit mit den Gefährten jener Jahre, die es auch vorgezogen hatten, den Militärdienst zu quittieren und in Berlin zu bleiben.

Es dauerte eine Zeit, bis Corinna klarwurde, dass Henry Paul Events, sie nur deswegen geheiratet hatte, um ehrenvoll und mit einer angemessenen Pension vorfristig aus der britischen Armee auszuscheiden. Beim Rückzug der Alliierten griff eine Option des Zwei-plus-vier-Vertrages. Familienfreundlichkeit. Die britische Armee ließ sich nicht lumpen. Bündnistreue wurde auch auf persönliche Ebene gefördert.

Die Ehe mit einer Deutschen garantierte volle Bezüge bei Anrechnung der kompletten Dienstzeit. Damit vermied der ehemals stellvertretende Regimentskommandeur der Berlin Infantry

Brigade es, den Rest seines noch zu leistenden Dienstes in einer schäbigen Kaserne in der Nähe von Oxford zu fristen. Das Einzige, was es dort gab, war ein verstaubtes englisches Dorf mit einer kleinen Post und einem heruntergekommenen Pub.

Nachdem Corinna sich als ansehnliches Mittel zum Zweck erkannt hatte, packte sie theatralisch ein paar Sachen in einen Koffer. Sie wollte auf alles verzichten. Aus Stolz. Wütend öffnete sie die Wohnungstür, um das bisherige Leben hinter sich zu lassen und ein neues zu beginnen. Schon nach dem ersten Schritt drehte sie sich um und betrachtete wehmütig ihre geliebte Zehlendorfer Villa. Verzichten? Sie zögerte und beschloss, nichts von dem aufzugeben, was ihr nach all den Jahren zustand. Wenn sie etwas in der Ehe gelernt hatte, dann wie ein Krieg zu gewinnen war. Sie war überzeugt, auch in ihrem Fall würden Guerillamethoden sie ans Ziel bringen. Seitdem gab sie Katzen ein Zuhause, wissend, dass ihr Mann diese verabscheute. Und mit jeder geretteten Seele zermürbte sie den Lieutenant Colonel ein wenig mehr. Nur an einen Rückzug dachte er keinen Augenblick lang.

Die Alternative, vor die Henry Paul seine Frau gestellt hatte – ich oder die Viecher – drohte zu einem Vernichtungsfeldzug wider das schnurrende Volk zu werden. Was blieb ihr anderes übrig, als auf eine präventive Lösung zurückzugreifen. Schon den nächsten Fünf-Uhr-Tee erlebte Mr. Events nicht mehr. Nach einem raschen aber heftigen Kampf mit Gevatter Tod zog er den Kürzeren.

Corinna erzählte den Nachbarn und Freunden, ihr Mann habe sie verlassen und befinde sich zur Bewältigung einer Midlife-Crisis auf Tour, um den Sinn des Lebens zu finden. Keiner ihrer Bekannten interessierte das wirklich und Fragen wurden der Höflichkeit wegen nicht gestellt. Da weder in dem übersichtlichen Vorgarten ungewöhnliche Grabungen zu beobachten waren, noch die arme Frau ein Fahrzeug zu führen verstand, kam niemand auf die Idee, dass es einen anderen Grund für sein Verschwinden geben konnte. Genau genommen war sie Witwe, inoffiziell natürlich. Indes lag Mr. Events in Gefrierbeutel portioniert in der Tiefkühltruhe im Keller. Was seine Entsorgung anging, hatte Mrs. Events alle Zeit der Welt, dieser Aufgabe gewissenhaft nachzugehen.

Seit dem Tod ihres Mannes trank Corinna Events täglich ein Kännchen Earl Grey in Gemeinschaft der Katzen und bezeichnete sich selbst als glücklich und zufrieden. Geldsorgen waren ihr fremd. Um derart schnöde Fragen hatte sie sich nie kümmern müssen. Events Offizierspension reichte für sie und ihre kleine mauzende Familie.

Alles lief problemlos, zumindest bis zu jenem Morgen, als der Postbote ihr ein amtliches Schreiben der *Armed Forces of the Crown* zustellte. Das königlich britische Reservistenamt wies freundlich aber nachdrücklich darauf hin, dass die jährliche Gesundheitsuntersuchung von Lieutenant Colonel Henry Paul Events überfällig sei. Eine Pflichtuntersuchung, der sich alle Reserveoffiziere zu unterziehen hatten. Das amtliche Papier enthielt einen Termin, die Belehrung, dass dieser zwingend einzuhalten sei, sowie mehrerer Seiten angedrohter Konsequenzen, die zusammenfassend bedeuteten: Verlust der königlich britischen Pension!

Lieutenant Colonel Henry Paul Events hatte immer gesund und sportlich gelebt. Gern prahlte er mit seiner Kondition und den Angaben über Körperfettgehalt, Lungenvolumen und seiner übersichtlichen Pulsfrequenzen bei härtesten Belastungen. Die militärische Musterung eines derartigen Prachtexemplars wäre zweifelsfrei zur vollsten royalen Zufriedenheit durchgeführt worden. Dummerweise gab es aber nichts mehr zu mustern, abgesehen von den Resten in der Tiefkühltruhe.

Nun drohte jedoch der Verlust von Grundstück, Haus und Lebensqualität. In drei Monaten würde das königlich britische Reservistenamt die Zahlungen einstellen. Das wenige, was dann noch blieb, würde kaum reichen, um angemessen leben zu können. Dennoch kam ein Umzug für Corinna nicht infrage. Ihre

Miezekatzen litten noch immer unter dem Trauma ihrer Jugend, geschweige denn hatten sie die deprimierende Zeit in den Tieranstalten verarbeitet. Das so mühsam errungene Vertrauen der schnurrenden Vierbeiner verbot jeden Gedanken daran, kampflos aufzugeben. Es gab nur eine Lösung: Geld musste her.

Einer gewöhnlichen Arbeit nachzugehen, schloss die Katzenmutter allerdings kategorisch aus. Einerseits hatte sie noch nie in ihrem Leben gearbeitet und abgesehen davon, war sie sich sicher, dass ihre Lieblinge Einsamkeit nur schwer ertragen konnten. Psychische Rückschritte ließen sich nicht ausschließen. Außerdem war der Kredit für das Haus und das Grundstück erst zur Hälfte bezahlt. Corinna musste sich etwas einfallen lassen, um der finanziellen Katastrophe zu entgehen. Andernfalls drohte die Zwangsversteigerung.

Sie eröffnete in ihrem Haus ein Katzenstudio mit dem schönen Namen ›Pussy Dreamland‹. Das führte am Eröffnungstag bei einigen Männern zu peinlichen Missverständnissen. Da dieser Name falsch interpretiert werden konnte, änderte sie ihn kurzerhand in ›Corinnas Samtpfötchen Palast‹.

Zuerst bot sie für Katzen Reflexzonenmassage an. Die von ihr entwickelte Technik der ganzheitlichen Körperentspannung wurde dankbar und schnurrend von den Zimmertigern angenommen. Nur reichten die Einnahmen nicht ansatzweise aus, um die laufenden Kosten zu decken. Wenige Tierbesitzer wollten für derartigen Luxus bezahlen.

Auch das Experiment, den Kurs ›Tanzen mit Katzen‹ zu etablieren, endete deprimierend. Lediglich eine Frau buchte das Seminar mit ihrem aus der Form geratenen Kater Casanova. Die ehemalige Tänzerin fand die Vorstellung, mit Casanova bei Ravels Bolero übers Parkett zu schweben, einfach zauberhaft. Dem fetten Kater etwas Verwandtes wie eine Schrittfolge beizubringen, scheiterte kläglich. Nach fünf Tanzstunden musste das Projekt wegen seiner Verweigerungshaltung eingestellt werden. Andere

Interessenten meldeten sich nicht.

Der dritte Versuch, Geld zu verdienen, resultierte aus der Überzeugung, es gäbe einen Bedarf an Traumata-Bewältigung für Katzen. Die Einsicht, in die Notwendigkeit nach einer Hundeattacke, einem Autounfall oder einer Balzrangelei für das seelische Gleichgewicht der Lieblinge zu zahlen, war nur gering ausgeprägt. Mehr als ein paar kostenfreie Erstgespräche ließen sich nicht verbuchen.

Auch ihre letzte Idee stand kurz vor dem Scheitern. Für Corinna völlig unverständlich, aber dem vegetarischen Katzenbioladen drohte ein Fiasko. Tofu-Imitate in drolliger Fischform mit wertvollen Omega-3-Ergänzungen wurden ignoriert. Künstlerisch gestaltete Singvögel basierend auf Grünkernsubstrat fanden keine Käufer. Selbst die niedlichen Mäuse, die aus pürierten Kichererbsen handgefertigt waren, musste sie nach einigen Tagen kompostieren. Schließlich sah Mrs. Events ein, ihr Versuch Haus und Garten vor dem Zugriff der royalen Pensionsverwaltung zu retten, war gescheitert.

Immer häufiger schaute sie während des Fünf-Uhr-Tees abwechselnd in die leere Kasse, auf den Berg unbeglichener Rechnungen, wütender Mahnungen und der inzwischen eingetroffenen Androhung der Zwangsversteigerung. Sie hatte gespart, wo es nur möglich war. Dennoch, der Termin der Versteigerung rückte unweigerlich näher.

Die Katzen spürten ihre Verzweiflung und begriffen instinktiv, dass auch ihnen Gefahr drohte. Auch sie hatten sich nach den glückseligen Zeiten umstellen müssen und sichtlich darunter gelitten, seit Wochen nur noch billiges Dosenfutter in den Näpfen zu finden.

Fürsorglich umschmeichelten sie ihre Katzenmutter, drängten sich an sie, schnurrten herzerwärmend und die Idee, dass nur ein solventer Mann ihr helfen konnte, stellte sich wie selbstverständlich bei Corinna ein.

Der Gedanke, wieder mit einem Kerl unter einem Dach zu leben, vielleicht sogar mit einem schwitzenden, schnarchenden unförmigen Paket das Bett teilen zu müssen, bereitete ihr fast körperliche Schmerzen. Doch egal, wie lange sie darüber nachdachte, es führte kein Weg daran vorbei. Ein Mann musste her.

Das Problem bestand darin, einen Kerl zu finden, der sich Hals über Kopf in sie verliebte und bereit war, sie finanziell abzusichern. Viel Zeit blieb ihr nicht mehr.

Der Zufall wollte es, dass das zwanzigste Jubiläum des Abzuges der britischen Truppen aus dem Westsektor Berlins ausgiebig gefeiert werden sollte. Die alten Kameraden trafen sich im Hotel Adlon, um über längst vergangene Zeiten zu reden. Auch Corinnas Gatte bekam zwei Einladungen, da natürlich niemand wusste, dass einer der renommiertesten Offiziere der Berlin Infantry Brigade auf dem Feld der Ehe gefallen war.

Am Tag des Jubiläums brachte sich Corinna in Form und kleidete sich offensiv mit deutlicher Signalwirkung eines paarungswilligen Weibchens. Anschließend ließ sie ihre Katzen von einem Shuttleservice ins Pfötchenhotel bringen und versprach ihnen, sie so schnell wie möglich wieder abzuholen.

Die eigens eingeflogene Armee Big Band sorgte für eine grandiose Stimmung. Paare tanzten, als wären die Jahre spurlos vorbeigegangen. Englische Armeeköche kreierten ein Menü, das dem traditionell britischen Geschmack entsprach. Reden wurden gehalten, die obligatorischen Orden verteilt und der Ehre mit patriotischen Worten Genüge getan.

Um neugierigen Fragen vorzubeugen, entschied sich Corinna dazu, in einem leidenden Tonfall von der Midlife-Crisis ihres Mannes und seinem mysteriösen Verschwinden zu berichten. Eindeutig ein Verrat des ehelichen Gelübdes. Schlimmer noch, er habe das gesamte Vermögen eingestrichen und da das Reservistenamt keine Möglichkeit habe ihn zu erreichen, seien auch die Pensionszahlungen eingestellt worden. Sie habe keine Ahnung, wie es jetzt weitergehen soll. Offiziell war er ja nicht tot, auch wenn er für sie natürlich gestorben war. Gefasst und würdevoll nahm sie die Beileidsbekundungen der Männer des Offizierskorbs entgegen.

Alle waren erstaunt und bedauerten den unverantwortlichen Sinneswandel des alten Kameraden. Einige brachten es sogar fertig, mit Ehrfurcht vor der Verlassenen zu salutieren. Nachdem fast jeder im Saal sein Bedauern über den Verrat des Lieutenant Colonels geäußert hatte, wendeten sie sich wieder ihren Gesprächen oder den mitgereisten Frauen zu. Man gestattete sich auch, wieder zu lachen.

In der zweiten Pause der Big Band trat Hilfskanonier Paul Megy an den Tisch. Corinna kannte ihn von früher. Ein Laufbursche ihres Mannes. Nicht ganz hell, aber friedlich. Er gehörte zu jenen Soldaten, die pflichtbewusst den Dienst ausübten. Ihn hatte das inakzeptable Verhalten seines ehemaligen Vorgesetzten schwer enttäuscht. Hilfskanonier Megy war zwar in die Jahre gekommen, aber ein anständiger Kerl.

Geräuschvoll atmend nahm er an ihrer Seite Platz, umfasste mit beiden Händen die ihren und gedachte ein Höchstmaß an Trost zu spenden, indem er der Offizierswitwe Mrs. Events vom Tode der eigenen Frau erzählte. Geerbt habe er, wo er doch ein Leben lang bescheiden gewesen war, eindeutig zu viel Geld für einen Menschen. Schon immer, gestand er dann, habe er ein Auge auf sie geworfen, sich aber selbstverständlich seines niedrigen Dienstgrades erinnert. Doch jetzt hätte sich die Lage zu seinen Gunsten geändert. Dem Mutigen schlägt die Stunde. Außerdem, ähnliche Schicksale verbinden. Seelenverwandtschaft. Schmerz verhält sich zum Glück diametral und halbiert sich, wenn man ihn teilt.

Corinna lauschte gerührt den Worten und dachte: ›Nicht gerade das, was du dir erwünscht hast, aber es muss ja nicht für ewig sein.‹ Von dieser Erkenntnis motiviert, sah sie die Lösung, wie auf einem Silbertablett präsentiert. Hilfskanonier Paul Megy war der ideale Nachfolger, der ausreichend Geld besaß, und dessen Restlaufzeit in einem überschaubaren Rahmen lag. Sollte er sich gesundheitlich widerspenstig erweisen oder sie nicht so lange warten wollen, in den Tiefen ihres Küchenschrankes wusste sie eine bewährte tödliche Teemischung.

Einen Monat später zog Hilfskanonier Paul Megy mit einem übersichtlichen Marschgepäck und beeindruckenden Ersparnissen in die Zehlendorfer Villa ein. Nur Bares sei Wahres, erklärte er stolz und verkündete, dass dieser Tag quasi der Volltreffer seines Lebens sei. Nur mit den Katzen habe er so seine Probleme. Schon seit der Kindheit plage ihn eine Katzenallergie. Auf Dauer könne er unmöglich mit den haarigen Ungeheuern unter einem Dach leben.

Der Tee für besondere Anlässe erfüllte wie erwartet seinen Zweck. Alles andere war inzwischen Routine. Die Tiefkühltruhe bot ausreichend Platz.

Wie immer freuten sich die meisten Samtpfötchen, als Corinna ihnen überschwänglich einen »Guten Morgen« wünschte. Sie streichelte jede Einzelne ausgiebig und das Schnurren verriet, dass ihre vierbeinigen Zimmertiger zufrieden und glücklich waren. Nur zwei der verwöhnten Siamkatzen gaben sich divenhaft und beachteten sie eine Zeitlang nicht. Als Corinna Events allerdings die tägliche Ration in die Näpfe füllte, kamen auch sie hungrig angesprungen und schnupperten neugierig an dem liebevoll zubereiteten Futter.

Enttäuscht schauten sie ihre Katzenmutter an. Einige schüttelten sich angewidert. Auch wenn keine der Katzen sich mit den Dienstgraden bei der britischen Armee auskannte, sie waren eindeutig hochwertigere Qualität gewöhnt. Corinna zuckte bedauernd die Schultern und sagte: »Tut mir leid! Aber etwas Besseres als einen Hilfskanonier habe ich wirklich nicht gefunden.«

Anschlussverbindung

»Eine erloschene Leidenschaft ist kälter als Eis.«
Zsa Zsa Gabor

Von Leipzig bis Berlin fuhr der Zug zwei Stunden und drei Minuten. Ole Lausmann bevorzugte die Zugverbindung am späten Vormittag und versuchte, wenn irgendwie möglich, immer einen Fensterplatz zu reservieren. Meist gelang das. An diesem Morgen prüfte Ole Lausmann zum wiederholten Mal, ob er an alles gedacht hatte. Viel war nicht zu beachten, die Auflistung auf dem Blatt war übersichtlich. Dennoch strich er jeden Punkt in Gedanken sorgfältig ab. Zufrieden legte er die Liste zu den anderen in eine in rotes Leder gebundene Mappe und schaute erwartungsfroh aus dem Fenster.

›Siebenundzwanzig Jahre ist es jetzt her, dass ich sie das letzte Mal gesehen habe‹, ging es ihm durch den Kopf. Das, was er fühlte, Vorfreude zu nennen, war nicht das richtige Wort, aber es umschrieb annähernd jenes Gefühl, das ihm seit Wochen guttat. Erneut stellte er sich die Frage, ob sie ihn wiedererkennen würde.

Ole Lausmann, den alle nur ›Lausi‹ nannten, hatte in Leipzig Grünau das Licht der Welt erblickt. Mit zehn Jahren musste er – wie er behauptete – gegen seinen Willen nach Berlin Prenzlauer Berg ziehen. Eine Diskussion mit seinen Eltern fand nicht statt und hätte selbstverständlich auch den Umzug nicht verhindert. Es entstand ein Trauma, das von verschiedenen Psychologen eindeutig diagnostiziert worden war, jedoch erfolglos behandelt wurde. Die seelischen Blessuren jener Tage ließen sich mit Worten nicht auflösen.

Allerdings dachte Ole Lausmann keinen Augenblick lang daran, der Therapeutin Frau Dr. Manke die Diagnose der anderen

Seelenklempner zu erläutern. Nicht wegen seines Traumas suchte er sie auf – daran hatte er sich längst gewöhnt. Sein Besuch galt allein ihr. Dass sie das begriff, stand am Ende seines Planes.

Die Befürchtung, dass sie ihn wiedererkennen würde, erwies sich als unbegründet. Zwar studierte sie nachdenklich seine Gesichtszüge, bat ihn dann aber freundlich herein, ohne ihn mit ihrer eigenen Vergangenheit in Verbindung zu bringen. Sorgfältig hatte sie seinen Namen notiert, der natürlich falsch war, und sich darüber gefreut, dass er für die therapeutische Leistung bar zahlen wollte. Die Adresse, sein Geburtsdatum und ein paar persönliche Angaben, die alle nicht stimmten, ergänzten das Formblatt seiner Akte. Er wusste, sie würde den Wahrheitsgehalt nicht prüfen.

Selbst nach all den Jahren sah Mandy Manke noch immer gut aus. Sie war wie damals schlank, wirkte sportlich und schien kaum gealtert. Natürlich hatte sie ein wenig nachhelfen lassen. Nicht übermäßig viel, und wenn er es nicht vorher recherchiert hätte, wäre es ihm nicht einmal aufgefallen, dass die Falten auf der Stirn, an den Mundwinkeln und um die Augen durch Botox geglättet worden waren. Auch an ihr war die Zeit nicht vorbeigegangen.

Im ersten Therapiegespräch hielt Ole Lausmann es für angemessen, Frau Dr. Manke ausführlich darüber zu informieren, dass er den zwanghaften Tick besaß, Listen zu führen. Das entsprach der Wahrheit. Er liebte jede Form von Zusammenstellungen und hatte in den letzten Jahren eine Perfektion erreicht, die seinesgleichen suchte. Einkaufslisten. To-do-Listen. Inventarlisten. Bewertungslisten für Bücher, Filme oder Fernsehsendungen. Regelmäßig pflegte er die Verzeichnisse seiner Freunde, interessanter Kontakte oder unangenehmer Mitmenschen.

Ole Lausmann ließ Frau Dr. Manke wissen, dass er über all seine Aktivitäten penibel Aufzählungen erstellte, seien es Orte, die er besucht hatte, oder Städte, die er noch zu sehen beabsichtigte. Über die vergangenen Reisen könne er detailliert Auskunft geben. Aus Gründen der Übersichtlichkeit habe er sogar den Inhalt des jeweiligen Reisekoffers erfasst und diese Sammlung bei einem Buchbinder nach Jahrgängen broschieren lassen. Täglich zwinge ihn eine unbestimmte Macht pünktlich um 8:00 Uhr, sein Gewicht, den Bauchumfang, den Fettanteil seines Fleisches sowie die Körpergröße zu messen und in eine Tabelle einzutragen. Zu jeder vollen Stunde beurteile er sein Befinden auf einer Skala von zehn Punkten. Kurz vor dem Schlafengehen berechne er daraus sein durchschnittliches Tagesempfinden, um zu erfahren, ob es ihm eigentlich gut oder schlecht gehe. Unter dem Zwang, alles registrieren zu müssen, leide er seit seiner Kindheit außerordentlich.

Er beendete seine Ausführungen mit der Theorie, dass die einzige Chance, den Berg an Listen zu reduzieren, womöglich darin bestünde, sie punktweise abzuarbeiten.

Die Therapeutin gab ihm mit einem halbherzigen Nicken recht. Es war ein Nicken, welches kaum verhehlen konnte, wie erleichtert sie war, dass die Stunde endlich ihr Ende gefunden hatte.

Seitdem fuhr Ole Lausmann wöchentlich nach Berlin. Anfänglich schien Frau Dr. Manke hochmotiviert zu sein, hörte genau zu und machte sich fleißig Notizen. Sie tat das Übliche, um Vertrauen aufzubauen und ihm das Gefühl zu vermitteln, ernst genommen zu werden. Inzwischen kostete es sie aber sehr viel Energie, seinen Ausführungen zu folgen, was ihn köstlich amüsierte.

Es bedurfte nur weniger Gespräche, um sie zu durchschauen. Ihre Mimik verriet sie. Nach fünf Sitzungen gab es kein Nicken, das er nicht schon einmal an ihr beobachtet hatte. Mandy Manke verfügte über ein umfangreiches Repertoire an bejahendem Mienenspiel, um Interesse und Verständnis zu heucheln, Erstaunen zu signalisieren oder um ihre Gleichgültigkeit zu kaschieren. Nur *ihm* konnte sie nichts vormachen!

Meist begann sie die Sitzung mit einem wohlwollenden Nicken, wie auch Lehrer es verwenden, um einen besonders lernschwachen Schüler zu ermuntern, ein völlig blödsinniges Ergebnis an der Tafel zu überprüfen. Danach variierte ihr Nicken zwischen einer Mut machenden Aufforderung, sich dem inneren Kind zu nähern, seine unterdrückte weibliche Seite zu öffnen oder den unbewussten Hass auf den Vater durch hemmungsloses Weinen hinfortzuspülen.

Ole Lausmann kannte all diese Vorgehensweisen. Er hatte sie auf einer seiner Listen erfasst und alphabetisch sortiert. Auf seinen Rückfahrten nach Leipzig hakte er dann zufrieden jeden einzelnen Punkt ihres psychologischen Dilettantismus' ab.

Natürlich wusste Frau Dr. Manke nicht, dass ihr Patient keine Hilfe von ihr erwartete, jedenfalls nicht im üblichen therapeutischen Sinne. Auch konnte sie nicht ahnen, dass sie auf einer seiner Listen stand, in der schon drei Namen fein säuberlich durchgestrichen worden waren. Hätte sie erkannt, dass der unscheinbare Mann ihr vom zehnten Lebensjahr an bis zum Abschluss ihrer gemeinsamen Schulzeit jeden Tag Verhaltensnoten gegeben hatte, wäre ihr augenblicklich klargeworden, in welcher Gefahr sie schwebte.

Ole Lausmann war es innerhalb weniger Wochen spielend gelungen, den Spieß umzudrehen. Sie war mehr seine Patientin als er ihrer. Er hatte ihr Vertrauen gewonnen und ihre fachliche Beurteilung manipuliert, die ihn nun zwar als schweren, aber als harmlosen Fall klassifizierte. Ihrer Einschätzung nach litt der Patient unter einer anankastischen Persönlichkeitsstörung, die ihn zwanghaft alles organisieren ließ.

Von der gemeinsamen Vergangenheit ahnte sie bis zum heutigen Tag nichts. Dabei war doch alles überdeutlich erkennbar. Wie ein offenes Buch hatte er sich präsentiert. Nur einer einzigen Erinnerung hätte es bedurft, um zu verstehen. Bitter hatte Ole Lausmann registriert, dass er noch immer für sie zu unbedeutend war, um auch nur einen Gedanken an ihn zu verschwenden. Nichts hatte sich in all den Jahren geändert.

Damals hatte er nicht nach Berlin gewollt. Ohne es erklären zu können, spürte er in jenen Tagen in seinem Inneren, dass etwas mit ihm geschehen würde. Anfänglich war es nur Traurigkeit gewesen, dann Trotz, später Wut und Verzweiflung, die in ihm eine bedrohliche Leere entstehen ließen. Die Leere wollte gefüllt werden und so hatte er vom ersten Tag an alles in sich einsickern lassen, was er an Ablehnung, Verachtung und Boshaftigkeit erfuhr.

Heute verstand Ole Lausmann, was geschehen war. Wenn ein zehnjähriger Leipziger Junge nach Berlin Prenzlauer Berg kommt, freut sich nun mal der gemeine preußische Kieznachwuchs und lässt keine Möglichkeit aus, den sächsischen Migranten zu ärgern.

Freunde fand Lausi in der Folgezeit keine, weder in der Schule noch in dem Viertel, in das seine Eltern gezogen waren. Meist blieb er allein und träumte von Sachsens Glanz und Gloria. Damals hatte er begonnen, seine Verzweiflung, die geheimen Wünsche und andere wichtige Dinge aufzuschreiben. Jeder sorgsam notierte Satz war ein Schwur, eine Erinnerung, der er sich verpflichtet fühlte. Tief in sich wusste er, irgendwann würde er die damit verbundenen Versprechen erfüllen.

Mandy Manke gehörte zu jenem Personenkreis, die auf der Liste TK/74/1/1 ganz oben stand. Ole Lausmann liebte sprechende Schlüssel.

TK/74/1/1 bedeutete: Todeskandidat/Jahr/Priorität/Nummer.

Das war ein bewährtes Verfahren und in sich von einer atemberaubenden Logik. Die anderen drei Namen auf dem vergilbten Blatt konnte er schon vor ein paar Jahren durchstreichen.

Die Polizei hatte zwischen den Taten keine Verbindung herstellen können. Gewundert hatte ihn das nicht. Die betreffenden Personen wohnten an unterschiedlichen Orten, kannten einander nicht und dank der umfassenden Liste mit Mordmethoden konnte Ole Lausmann penibel darauf achten, keinen zu allen passenden Modus Operandi zu liefern. Jede Art zu töten, hatte er vorher bis ins kleinste Detail studiert, und selbst im Schlaf vermochte er Punkt für Punkt herunterzubeten.

Ein Autounfall, ein Raubmord wegen zehn Euro und ein Arbeitsunfall waren von den Kriminalbeamten problemlos akzeptiert worden. Kein Kommissar war auf die Idee gekommen, in der Kindheit der Opfer nach Gemeinsamkeiten zu suchen. Was hätten sie auch finden können?

Daran, dass TK/74/1/2 einen Jungen namens Ole Lausmann im Ferienlager geohrfeigt hatte, konnte sich garantiert niemand mehr erinnern. Und dass TK/74/1/3 beim Tischtennisturnier in Oles Wasserflasche gespuckt und sich mit den anderen Mannschaftskameraden über den dummen Sachsen amüsiert hatte, stand in keinem Zusammenhang mit dem ersten Mord.

Der Vierte auf der Liste, ein ungehobelter Fleischerlehrling, hatte es für witzig gehalten, ihm eines Tages auf dem Weg zur Schule unauffällig einen Schweineschwanz an die Jacke zu heften. Dem Kerl war er vorher nie begegnet. Alle hatten Lausi ausgelacht. Ein Spaß, der den Fleischermeister fünfzehn Jahre später als Hackfleisch enden ließ. Offiziell ein Unfall. Das Protokoll fasste mit der unappetitlichen Formulierung das Geschehen zusammen: Metzgermaschinen unterscheiden grundsätzlich nicht, welche Sorte Fleisch sie zu verarbeiten haben.

Auch wenn die betreffenden Personen seiner Liste ihre vermeintlich gerechten Strafen bekommen hatten, Mandy Manke war ein Sonderfall. Sie stand nicht ohne Grund an erster Stelle der TK/74-er Auflistung. Ihr war es zu verdanken gewesen, dass in der Schule bekannt wurde, dass Ole mit seiner Familie jedes Wochenende im Sommer auf einem Freikörperkulturzeltplatz verbrachte. FKK.

Seine Eltern waren Dauercamper. Trotz seiner Bitten, nicht mitfahren zu müssen, ließen sie keine Diskussion zu und meinten ernsthaft, es habe ihm doch immer Spaß gemacht. Was andere darüber dachten, sei unwichtig. Mandy hatte von ihrer Cousine davon erfahren und diese dazu gebracht, Fotos von ihrem Klassenkameraden zu schießen, wie er nackt mit seinen Eltern

Tischtennis spielte. Sie hatte die Bilder mit in die Schule gebracht. Damals war er vierzehn gewesen.

Die Begeisterung seines Vaters, unbekleidet in der freien Natur Sport zu treiben, hatte Ole Lausmann spätestens nach seiner Jugendweihe nicht mehr geteilt. Kein Sohn spielt mit seinem Vater gern Tischtennis, wenn dieser nur mit einem T-Shirt bekleidet ist und sein ehrgeiziges Schnaufen in direktem Zusammenspiel mit dem Fingerzeig seines Gemächts verrät, auf welchem Teil der Platte der Ball auftreffen wird. Noch weniger mochte er es in diesem Alter, wenn fremde schwitzende Körper verschiedener Generationen sich albern kichernd in eine Reihe drängen, um nicht bei der nächsten Runde Chinesisch auszuscheiden. Vollends unerträglich wurde der Zustand für Lausi, als er Zeuge eines nächtlichen Geflüsters wurde, in dem seine Mutter die besten Teile seines Vaters ›Ping‹ und ›Pong‹ nannte.

Nachdem die Bilder überall in der Schule aufgetaucht waren und sich jeder über ihn amüsiert hatte, sah er nur noch einen Ausweg. Er packte ein paar Sachen zusammen und haute ab.
Ziel: Leipzig – die gelobte Stadt.

Ole liebte es, in einem Zug zu sitzen und einem Ort entgegenzufahren, der auf ihn zu warten schien. Auf dem Hauptbahnhof angekommen, wurde er jedoch von zwei Polizisten aufgegriffen, die ihn sofort als Ausreißer erkannten. Unfreundlich als ›Bulette‹ betitelt, übergab man ihn dem Zugpersonal des nächsten Zuges in Richtung Hauptstadt.

Von diesem Tag an war Ole Lausmann vom Reisevirus und von ziemlich konkreten Rachegelüsten infiziert. Den Campingplatz betrat er nie mehr und wann immer es eine Gelegenheit in seiner Jugend gab, setzte er sich in einen Bus oder Zug und verschwand.

Von all dem hatte er Frau Dr. Manke natürlich nichts erzählt.

Während der heutigen Sitzung philosophierte er stattdessen darüber, dass seine Listen wie Hexaeder-Pyramiden organisiert seien. Sechs Seiten bilden die Grundlagen seiner Urteilsfindung.

Basis sei die fünfeckige Grundfläche – Hass zum Beispiel oder Liebe. Die fünf restlichen Flächen, die sich nach oben hin verjüngen und in einem Punkt vereinen, stellen gleichsam die Lösung des Problems dar.

An ihrem Nicken erkannte er, dass Frau Dr. Manke nicht ansatzweise verstand, was er ihr offenbarte. Ihr Lächeln verriet nur, dass sie froh war, dass das Ende der Sitzung nahte.

»Es tut so gut mit jemandem zu reden, der einen versteht«, erklärte Ole Lausmann übertrieben dankbar. »Sie glauben nicht, wie sehr ich mich freue, Sie gefunden zu haben.«

Frau Dr. Manke betrachtete ihn nachdenklich, klappte dann seine Akte zu und antwortete höflich: »Wenn Sie sich besser fühlen, habe ich nichts falsch gemacht.«

Ole Lausmann vollführte eine unbeholfene Geste, die alles bedeuten konnte.

Etwas amüsiert schaute sie ihn an, stand auf und ließ seine Akte im Schrank verschwinden. Dann ging sie auf ihn zu, um ihn endgültig zu verabschieden. »Lassen Sie uns beim nächsten Mal über die Hexaeder-Pyramiden reden. Die Zeit ist leider für heute um. Auch ich muss einmal Feierabend machen.«

»Selbstverständlich! Das verstehe ich … Nur: Es wird kein weiteres Treffen geben.«

»Wollen Sie die Therapie abbrechen?«

Ole Lausmann kicherte ein wenig. Er hatte eine derartige Frage erwartet. »Nein! Es ist so. Du wirst sie nicht fortführen können.«

Einen Augenblick lang war es ruhig im Raum. Er genoss die Situation, ihr erstauntes Nichtverstehen und die ersten Anzeichen einer wachsenden Beklemmung. Noch immer weigerte sich vermutlich jede Zelle ihres Körpers, sich an ihn zu erinnern. Enttäuscht zuckte er mit den Schultern und zog dann aus seiner Tasche eine Art Luftdruckpistole. Er richtete sie auf die Therapeutin und drückte ab. Ein schmerzhafter Aufschrei bestätigte, dass das Ziel getroffen war. Ein Pfeil mit einem bunten Puschel am Ende steckte in ihrem Oberschenkel.

»Einundzwanzig, zweiundzwanzig, dreiundzwanzig … nach etwa fünf Sekunden müsstest du die Wirkung spüren, Mandy. Setz dich lieber hin, du verlierst jeden Moment das Gleichgewicht.«

Trotzig versuchte sie, stehenzubleiben, aber als das rechte Knie wegknickte, hielt sie es doch für besser, auf dem Sofa Platz zu nehmen. Ole Lausmann drückte ihren Oberkörper sanft auf das Polster, schob das Kissen zurecht und legte ihre Beine etwas zur Seite. Dann setzte er sich neben sie.

»Was verdammt … haben Sie mir … gespritzt?«

»Meinen Lieblingscocktail! Eine Mischung aus Beruhigungsmitteln, wie man sie im Zoo verwendet, um ungestört gefährliche Tiere untersuchen zu können, und einer Überdosis Botox. Es ist schier unmöglich zu schätzen, wie viel dieses Nervengiftes ein weiblicher Körper absorbieren kann. Dieses Problem hat mich dazu veranlasst, ein Pferd zu töten, nur um sicherzugehen, dass die Wirkung genauso eintritt, wie ich es mir gedacht habe. Mandy, du glaubst nicht, wie leid mir das tut. Um das Pferd natürlich.«

Entsetzt schaute sie ihn an. Er konnte in ihren Augen sehen, dass die Unfähigkeit, sich zu bewegen, ihre Verzweiflung ins Unermessliche steigen ließ. Außerdem schien ihr Hirn angestrengt zu arbeiten, um eine Antwort zu finden.

»Ich gebe dir einen Hinweis«, sagte Ole Lausmann und begann, Mandy mit einem imaginären Fotoapparat zu fotografieren. Wie jedes Mal faszinierte ihn auch jetzt der Moment, wenn die Erkenntnis endlich ans Licht tritt.

»Ich … ich weiß jetzt! Du bist der Junge … Mein Gott! … Das ist so lange …«

Vorsichtig legte er seinen rechten Zeigefinger auf ihren Mund. »Dir bleibt nicht mehr viel Zeit. Mandy, ich will dir nichts vormachen. Du wirst bei vollem Bewusstsein ersticken. Ein wirklich schrecklicher Tod! So ging es mir damals auch, als du die Fotos von mir in der Schule verteilt hast. Ich dachte, ich würde nie wieder atmen können.«

Ihre Verzweiflung wandelte sich schlagartig in Angst, die sie hinter Tränen zu verstecken versuchte.

»Botox macht nicht nur die Haut glatt, indem es Nerven lähmt. Bei der siebenjährigen Stute dauerte es fünfzehn Minuten. Du wiegst nur einen Bruchteil davon.«

»Warum ...« Ihre Stimme war kaum zu verstehen. Schweiß perlte auf der Stirn. Ihre Lunge kämpfte um Luft. Vorsichtig richtete er sie auf und legte ihren Kopf an seine Schulter.

»Du wirst es mir nicht glauben, aber ich habe dich damals geliebt. Natürlich wusstest du nichts davon. Ich habe dich so sehr geliebt, dass es geschmerzt hat. Kannst du dir das vorstellen? Noch heute besitze ich eine Liste, an welchen Stellen ich dich küssen wollte. Damals hielt ich es für eine gute Idee, oben links am Ohrläppchen zu beginnen, mich an der vegetativen Rinne der Ohrmuschel entlang zu arbeiten, um mich schließlich detailliert mit deinem Gesicht zu beschäftigen. Bis zu deinem rechten kleinen Zeh hätte ich vierhundertsiebenunddreißig Stellen mit meinen Lippen berührt. Noch heute kann ich die richtige Reihenfolge aufsagen. Du wirst sie nicht mehr erfahren. Das Botox wirkt zu schnell.«

Ole Lausmann stand vorsichtig auf, setzte sich an den Schreibtisch und beobachtete sie. Er fand es angemessen, seine ehemalige Klassenkameradin in den ihr verbleibenden Minuten mit ihren Erinnerungen allein zu lassen. Noch einmal bäumte sich ihr Körper auf. Es war so weit. Nach ihrem letzten Atemzug strich er ihren Namen sorgfältig von seiner Liste.

›Perfekt‹, dachte er, legte das Blatt Papier in die elegante, in rotes Leder gebundene Mappe und schloss sie. Es stimmte tatsächlich. Es tat gut, alle offenen Punkte erledigt zu haben. Anschließend griff er in seine Aktentasche und zog ein neues Dossier heraus.

»1980 bis 1983. Die Zeit meiner Lehre«, las er vor, obwohl er wusste, dass Mandy Manke ihn nicht mehr hörte. »Beginnen wir mit dem Jahr 1980.«

Ehrfurchtsvoll strich er mit den Fingerspitzen über den mit Goldziffern geprägten Aktendeckel und öffnete ihn behutsam. Er betrachtete die Namen und die Orte, an denen er die Personen finden würde. Es war ihm schwergefallen, die drei Schlimmsten jener Zeit zu bestimmen. Zu viele hatten ihn in den Jahren der Ausbildung mit ihrer Anwesenheit gequält. Schließlich war es ihm mit einem Ausschlussverfahren gelungen.

Erfreut tippte er auf den dritten Namen der Liste. TK/80/1/3 lebte inzwischen in Bern. Ihm würde er seine nächste Reise widmen. Vor vier Wochen hatte er den Nachtzug nach Basel gebucht. Schon lange stand ein Besuch in der Schweiz auf seiner Wunschliste. Zufrieden schaute Ole Lausmann auf seine Uhr. Bis zur Abfahrt blieb noch genug Zeit, um ein bisschen durch Berlin zu spazieren.

Späte Erkenntnis

»Eine Schwiegermutter ist einem Politiker nicht unähnlich: Du kannst dich zwar im Prinzip frei für eine von ihnen entscheiden, am Ende ist dir jedoch fast immer jahrelanger Terror gewiss.«

Oscar Wilde über Schwiegermütter und Politik

Dr. Holger Koslowski freute sich auf das Wochenende. Es war Freitag und seine Frau Andrijana war für drei Tage zu Besuch bei ihrer Mutter. Es würde beiden gut tun, sich eine Zeitlang nicht zu sehen. Erst in der letzten Woche hatten sie wieder einmal über Nichtigkeiten gestritten. Anschließend hatte Andrijana ihn mit Schweigen bestraft. Sie wusste, dass es ihn ärgerte.

Prüfend schaute er auf die Uhr, zählte die Sekunden und stellte leise fest: »Feierabend!«

Zufrieden fuhr er den Computer herunter, unterzog sein Arbeitszimmer in der TU Berlin einem letzten kurzen Kontrollblick, schloss die Bürotür ab und begab sich mit einem Lächeln auf den Heimweg.

Für den heutigen Abend hatte Dr. Koslowski beschlossen, sich kulinarisch zu verwöhnen. Ein Luxus, den er sich regelmäßig leistete, wenn er allein war. Andrijana lehnte üppige Mahlzeiten am Abend grundsätzlich ab. Ob sie das mit gesundheitlichen oder gewichtstechnischen Argumenten begründete, war ihm längst einerlei. Allgemein neigte sie eher zu übersichtlicheren Gerichten, denen stets eines gemeinsam war: Sie strotzten nur so von Entschlackungsversprechen, basischer Neutralität und einer fast spirituellen Ausgewogenheit, die bei jedem Bissen garantierte, dass sich die Seele im Glückssubstrat der Gesundheit vollständig mit positiver Energie vollsog. Adrijanas Meinung nach war Geschmack eine Frage der Einstellung.

Dr. Koslowski gedachte, sich an diesem Abend mit einem Gericht zu verwöhnen, das die Küche der Charlottenburger Wohnung bisher nicht erlebt hatte. Römisches Hirschrückensteak. Passend dazu Roggenbuchteln mit einer Kräuter-Pilz-Füllung. Krönen würde er dieses Mahl mit einer leckeren Feigen-Aprikosen-Soße. Ein Glas roter Burgunder aus Frankreich, vielleicht auch zwei, garantierten in seiner Fantasie eine perfekte Vollendung dieser kulinarischen Sternstunde.

Auf dem Weg zum Weinhändler seines Vertrauens kam Dr. Koslowski an einer ehemaligen Baustelle am Ku'damm vorbei. In den letzten Tagen musste der Sichtschutz entfernt worden sein und nun machten blinkende Lichterketten, Weihnachtssterne und anderes Beiwerk auf sich aufmerksam. Schlagartig begriff er, dass es bis zum Weihnachtsfest keine vier Wochen mehr dauerte. Ein Kaufhaus mit dem Schwerpunkt *Lebensfreude für Tier und Mensch* hatte sich in das Gebäude eingemietet. Die Schaufenster zwangen die vorübergehenden Passanten regelrecht, stehenzubleiben. Weil die Auslagen mit kitschiger Weihnachtsdeko geschmückt waren, konnte selbst Koslowski sich diesem Sog nicht entziehen. Das Motto stand deutlich lesbar auf einem Banner: *Ihr Hundelein kommet*. Daneben ein glitzernder Baum, geschmückt mit mundgeblasenen Mopskugeln, handgeschnitzten Pudeln mit roten Nasen und einer Beleuchtung, die männchenmachende Dackel aufleuchten ließ. Als Baumspitze drehten drei Labradore ihre Runden. In den Farben blond, schwarz und braun mit Weihnachtsbommelmützen versehen rannten sie einem an einen Faden gebundenen Knochen hinterher, der blechern gegen klingende Glocken schlug. Ein bedrohliches Himmelsgeläut.

Dr. Koslowski hatte Mühe, die Tränen zurückzuhalten, weniger aus Rührung, vielmehr wegen der Verzweiflung, die ihn vor den kommenden Weihnachtsfeiertagen immer überfiel. Wie in jedem Jahr vermochte er nicht gegen die weihnachtliche Schwermut anzukämpfen, die von ihm Besitz ergriff, sobald die Stadt im kitschigen Lichtermeer ertrank.

Früher mochte er die Weihnachtszeit und genoss mit Andrijana die besinnlichen Tage. Seitdem aber seine Schwiegermutter Gertrud Bestandteil des Festes geworden war, hatte sich alles verändert.

Vor zwölf Jahren, nach dem Tod ihres dritten Mannes, hatte Gertrud nach einem neuen Lebenssinn gesucht und die Tochter samt ärgerlichem Anhängsel als Herausforderung angenommen. Das Anhängsel – oder wie die Alte es unverhohlen formulierte: die lästige Begleiterscheinung des geliebten Kindes – war er. Ein bedauernswerter Irrtum aus den Jugendtagen, wie seine Schwiegermutter ihn regelmäßig gegenüber ihren Freundinnen bezeichnete. Die Maxime dieser Frau war rein pragmatischer Natur. Eine Heirat muss sich lohnen. Er lohnte sich offensichtlich nicht.

Gertruds erster Mann, Chef einer renommierten Anwaltskanzlei, hinterließ ihr eine großzügige Erbschaft. Der Zweite hatte unter einem Pseudonym rührselige Romane geschrieben, durchweg Bestseller, was weltweit zu beeindruckenden Umsatzsteigerungen der Papier- und Medienindustrie führte. Die Einnahmen aus den Tantiemen sprudelten ordentlich. Der Dritte im Bunde, das Finanzgenie einer privaten Bank in Zürich, sorgte dafür, dass mit den vorhandenen Aktienpaketen ständig Gewinne auf das gemeinsame Konto flossen. Gertruds Meinung war unmissverständlich: Frauen, die es sich leisten konnten – zweifelsfrei zählte sie sich und die eigene Tochter dazu – sollten nur Männer heiraten, die über das nötige Kleingeld verfügten.

Dr. Koslowski hasste seine Schwiegermutter. Dennoch sah er keine Möglichkeit, ihre Anwesenheit an den Weihnachtsfeiertagen zu verhindern. Andrijana fand alles, was dieses Ungetüm tat oder von sich gab, amüsant. Regelmäßig erinnerte seine bessere Hälfte ihn daran, dass allein die Großzügigkeit ihrer Mutter den Kauf der gemeinsamen Wohnung ermöglicht hatte. Schon deswegen besaß sie de facto das lebenslange Recht, Weihnachten mit ihnen zu feiern. Jede Diskussion mit Andrijana über Alternativen wurde sofort im Keim erstickt.

Erneut studierte Dr. Koslowski kopfschüttelnd die Auslage des Schaufensters. Kein vermeintlicher Wunsch der Vierbeiner musste unerfüllt bleiben. Neben einer konfektähnlichen Packung mit Weihnachtssternen in den Geschmacksrichtungen Gans, Rentier, Bison und Pansen entdeckte er einen Wiederbelebungskoffer im Fassdesign für Hunde, die Vergiftetes gefressen hatten. Knecht Ruprecht eilte auf einem Rotkreuzschlitten herbei, gezogen von sechs Bernhardinern, um einem leidenden Artgenossen zu helfen. Ein wunderbares Geschenk für Tierliebhaber, das auf jeden Gabentisch gehörte.

Nachdenklich wandte Dr. Koslowski sich ab, blieb dann aber plötzlich wie erstarrt stehen. Gertruds zweiten Ehemann hätte so ein Wiederbelebungsfass möglicherweise gerettet. Ihm war ein Wespenstich zum Verhängnis geworden in jenem Moment, als er begeistert die letzten Zeilen seines nächsten Bestsellers geschrieben hatte. Mit Grausen erinnerte sich Koslowski der schwülstigen Worte. Andrijana hatte ihm die Passage mit einer gewissen Verzückung wieder und wieder vorgelesen.

»Juan! Geliebter! Du bist gekommen, um mich zu retten?«

Leidenschaftlich küsste das ungarische Zimmermädchen während eines traumhaft schönen Sonnenunterganges den jungen lanzarotischen Fürsten vor den Mauern des Castillo de Santa Bárbara. »Das ist wie ein Traum!«, flüsterte die Frau unter Tränen.

»Ja, wie der Traum eines Traumes, der sich nun endlich erfüllt und niemals endet«, hauchte Juan und hielt sie mit seinen kräftigen Armen fest. Und so sanft, wie die Sonne das Meer küsste, so berührten sich ihre Lippen.

Ob der begnadete Schriftsteller die schwülstigen Zeilen noch hätte ändern wollen, darüber ließ sich nur mutmaßen. Man fand das Manuskript verteilt auf dem Boden, während er mit stumpfen Augen die letzte Seite zwischen den Fingern hielt.

Dennoch, das Buch *Schwarzer Sand auf weißer Haut* wurde nach dem tragischen Tod finanziell der erfolgreichste seiner Romane.

In der Abgeschiedenheit der Finca, die über kein Telefon verfügte und deren Nachbarn für einen Allergiegeschockten zu weit entfernt waren, hauchte Gertruds zweiter Mann sein Leben aus. Die Wespe hatte sich an dem einheimischen Wein gütlich getan und den armen Kerl, während sie verschluckt wurde, wütend in den Rachen gestochen. Ein Spritzbesteck mit einer Dosis Adrenalin gegen Atemnot und den Schock, oder ein schnell wirkendes Antihistaminikum hätte das Leben des Bestsellerautors gerettet. Unglücklicherweise befand sich das Notfallpäckchen im Auto und dieses, samt Gertrud, auf dem Weg zum Sonntagsmarkt nach Teguise.

›Vielleicht hat die alte Hexe ja nachgeholfen‹, überlegte Dr. Koslowski und erschrak sofort über sich selbst. Doch er hielt es für durchaus denkbar, dass sie die Wespe in den *El Grifo* platziert hatte.

Langsam ging er den Kurfürstendamm entlang und bog in eine der Seitenstraßen ein. Jemand grüßte ihn, aber er war so in Gedanken, dass er es nicht bemerkte. Bisher waren ihm derartige Überlegungen fremd gewesen. Doch jetzt arbeitete sein Verstand mit der Präzision eines Wissenschaftlers.

Auch Gertruds erster Mann war unter tragischen Umständen gestorben. Auf dem Rückweg von einem Klienten, den er auf eine Gerichtsverhandlung vorbereitet hatte, war er mit dem Mercedes von der Stadtautobahn abgekommen. Nach einer rekordverdächtigen Anzahl von Überschlägen konnte der Arzt schon aus einiger Entfernung den Tod bestätigen. Die Polizei mutmaßte, dass ein Sekundenschlaf für die Tragödie verantwortlich gewesen war. Technische Probleme ließen sich nicht nachweisen und die Obduktion brachte auch keine Unregelmäßigkeiten ans Licht. Einzig eine ebenfalls zu Tode gekommene Ratte passte nicht so richtig ins Bild. Koslowski erinnerte sich an eine Bemerkung seiner Schwiegermutter, wonach der Anwalt panische Angst vor Nagetieren jeglicher Art besessen hatte. Selbst einem renommierten Psychologen war es nicht gelungen, diese

Phobie aufzulösen. Gertrud besaß Tieren gegenüber keinerlei Berührungsängste. Die Vorstellung, dass in dem teuren Mercedes ein blinder Passagier die Katastrophe ausgelöst haben könnte, ließ Dr. Koslowski hörbar einatmen.

Auch der Schweizer Bankier hauchte sein Leben, kritisch betrachtet, unter mysteriösen Umständen aus. Der Mann war ein passionierter Sportler. Mit dem festen Vorsatz, unter fünf Stunden und dreißig Minuten den Berlin-Marathon zu bestreiten, trainierte er jeden Morgen vor der Arbeit. Bei einem seiner Trainingsläufe wurde er Opfer eines Steinschlages. Ein alter gemauerter Schornstein wurde seinem Kopf zum Verhängnis. Das morsche Konstrukt stürzte genau in jenem Moment auf den Bankier, als dieser wie immer auf der Hälfte der Strecke eine Pause einlegte, um seinen Kreislauf mit einem isotonischen Sportgetränk wieder zu stärken.

Dr. Koslowski hatte bis zu diesem Abend noch nie ernsthaft über die Summierung all dieser Zufälle nachgedacht. ›Vielleicht lassen sich diese Überlegungen ja vorteilhaft verwenden‹, dachte er und beschloss, alle Details aufzulisten. ›Ein anonymer Brief an die Polizei dürfte so einige Untersuchungen auslösen. Wenn ich mich beeile, können Adrijana und ich vielleicht sogar ohne die Alte Weihnachten feiern.‹

Der Weinhändler überzeugte ihn, eine Flasche Louis Jadot aus dem Jahr 2012 zu kaufen. Erwartungsfroh ging er nach Hause. Bevor er mit dem Kochen begann, gönnte er sich ein Glas und schätze bereits nach dem ersten Schluck die Empfehlung seines Experten als perfekt ein.

Sobald er anfing, Zwiebelwürfel zu schneiden, sie in Butter zu schwenken, die aufgetauten Mischpilze sowie Kräuter dazuzugeben, verschwendete er keinen Gedanken mehr an Andrijana und ihre Mutter. Er konzentrierte sich auf die Zubereitung der Roggenbuchteln. Anschließend füllte er die Teigtaschen mit der duftenden Pilzmischung und briet das Hirschrückensteak kräftig an. Um sein Werk zu vollenden, schob er es vorsichtig in die

Backröhre und stellte den Ofen auf kleine Flamme. Danach kümmerte er sich liebevoll um den Bratansatz, den er mit *Louis Jadot* und Kirschsaft veredelte. Zufrieden beobachtete er, wie die Feigen und Aprikosen langsam bei geringer Hitzezufuhr aufkochten, bis die Soße eingedickt war.

Es war das erwartete Festmahl. Eine kulinarische Offenbarung. Zufrieden strich Dr. Koslowski über seinen Bauch. Er gestattete sich ein weiteres Glas Rotwein und schwenkte die Flüssigkeit elegant im Glas. Obwohl er zufriedener nicht hätte sein können, begann er erneut über die Machenschaften seiner Schwiegermutter nachzudenken. Vor allem bereitete ihm Sorge, dass Adrijana und er sich deutlich auseinander gelebt hatten. Noch bemühten sich beide. Aber dieses Bemühen war spürbar unangenehm und, wenn er ehrlich war, verfestigte es nur die Gleichgültigkeit. Eigentlich hatten sie sich nichts mehr zu sagen.

Auch wenn Dr. Koslowski die Erkenntnis erschreckte, gestand er sich ein, dass er gern auf seine Frau verzichten würde.

Erneut trank er einen Schluck und genoss die fruchtige Note des Weines. Verwundert über ein leichtes Magendrücken strich er sich mit der freien Hand über den Bauch. Er hatte üppig gespeist, sicherlich ein wenig zu maßlos.

Vielleicht sollten sie sich scheiden lassen. Vernünftig wäre es. Natürlich müsste sie ihn auszahlen. Sie könnte die Wohnung behalten. Gertrud dürfte das freuen, wenn das *ärgerliche Anhängsel* ihrer Tochter endlich verschwand.

›Immer noch besser, als einem eigenartigen Zufall zum Opfer zu fallen‹, überlegte er. Gleichzeitig ärgerte ihn, dass das gelungene Essen und der hervorragende Wein Sodbrennen auslösten. Aufstöhnend stellte er sein Glas auf den Tisch und wischte erstaunt den Schweiß von der Stirn. Unruhig schaute er sich um.

Alle Zutaten, die er zum Kochen verwendet hatte, hatte er frisch gekauft – alle, bis auf die Pilze. Die hatte er aus dem Tiefkühlschrank genommen. Es war der letzte Beutel der vergangenen Pilzsaison. Dr. Koslowski liebte es, durch die Wälder zu streifen und selbst nach diesen Köstlichkeiten des Waldes zu suchen. Mehrere Lehrgänge hatte er besucht und hielt sich selbst für einen guten Pilzkenner. Andrijana machte sich nichts aus Pilzen, ließ ihn allein durch die Wälder ziehen und lehnte es rundweg ab, etwas von dem, was er gesammelt hatte, zu verspeisen. So richtig traute sie seinen Kenntnissen nicht. Außerdem hielt sie aufgrund zweifelhafter Strahlungswerte auch nach über dreißig Jahren der Nuklearkatastrophe von Tschernobyl alle hutähnlichen Gewächse für energetisch negativ besetzt.

Kalter Schweiß stand auf Dr. Koslowskis Stirn. Sein Herz raste. Er versuchte aufzustehen, was ihm aber nicht gelang. Er lachte ungläubig und betrachtete besorgt den leeren Teller vor sich. Römisches Hirschrückensteak auf Roggenbuchteln mit einer Kräuter-Pilz-Füllung verfeinert mit einer Feigen-Aprikosen-Soße. Das monotone Himmelsgeläut auf dem albernen Weihnachtsbaum des neueröffneten Kaufhauses klang tief in seinem Inneren und wurde lauter. Er wusste, dass es nur Einbildung war. Fantasiegebilde. Halluzinationen.

Und dann wurde ihm klar: ›Das war meine Henkersmahlzeit.‹ Das Weinglas rutschte ihm aus der Hand. Atemnot ließ ihn panisch werden.

Der letzte Gedanke, bevor sein Kopf auf den Tisch aufschlug, galt seiner Schwiegermutter. Gertrud hatte ihn im vergangenen Jahr am Weihnachtsabend süffisant gefragt: »Hast du gar keine Angst davor, einmal die falschen Pilze zu sammeln?«

Der Umwelt zuliebe

»Die erste Aufgabe einer jungen Ehefrau besteht darin, die Freunde ihres Mannes in die Flucht zu kochen.«
MICHELINE PRESLE

Xenia war nervös, obwohl die Tarotkarten vorhergesagt hatten, dass die Sterne ihr wohlgesonnen seien und der Mondknoten einen positiven Energiefluss garantiere. Dennoch gebot es die Vorsicht, den schwarzen Turmalin einzustecken, ihren Schutzstein, an dem sie sich heimlich festhalten konnte.

Ihre beste Freundin Marina hatte ebenfalls versucht, sie zu beruhigen, doch Xenia spürte die Aufregung bis in die Fingerspitzen.

Auch wenn es sich um eine schnöde, wenn auch teure Dienstleistung handelte – die Ermordung ihres Ehemannes – elektrisierte sie der Vorschlag, sich im Sommergarten in Alt-Moabit unweit der Sankt Johannis Kirche zu treffen. Hier war sie vor Jahren ihrem Mann Rolf das erste Mal begegnet, als er noch beeindruckend sportlich ausgesehen und sie mit dem unsteten Blick eines Revolutionärs angesehen hatte. Inzwischen fand sie, dass sein Körper eher einem Sauerteig glich, der apathisch vor sich hin quoll. Xenia hatte über ihre Wortwahl laut lachen müssen, während Marina sich zwar lächelnd, aber kopfschüttelnd zurücklehnte. Die Frage, warum ihre beste Freundin über ihre wunderbare Metapher nicht genauso lachen konnte, stellte sie sich nicht.

»Sie können Georgi zu mir sagen. Es ist besser, wenn Sie meinen richtigen Namen nicht kennen«, hatte der Mann am Telefon gesagt. »Anonymität ist die Grundvoraussetzung unserer Zusammenarbeit.«

Auch Marina war sicher gewesen, dieser Typ sei der Richtige für diesen Job. Kein materialistisch denkender Killer, sondern ein überzeugter Naturfreund, der alles mit einem ganzheitlichen Ansatz betrachtete und sich mehr *Gaia* verpflichtet fühlte als den Menschen.

Dass ein Auftragsmörder Mutter Erde diente, fand Xenia spannend. Rolf dagegen glaubte an die Wissenschaft. Er dachte wie ein Computer. Eins oder Null. An oder aus. Ja oder nein. Nach ihrer Überzeugung war es gerade diese Logik, die ihre Beziehung zerstört hatte. Dass alle Dinge von göttlicher Energie durchdrungen waren, bezeichnete er als absurd. Natürlich war diese Ignoranz ein wesentlicher Grund, ihn aus ihrem Leben zu streichen. Allerdings ließ sich das eigentliche Motiv eher pekuniär erklären: Rolfs beträchtliches Vermögen. Sie schämte sich ein bisschen dafür, schwor sich aber, großzügig als Mäzenin tätig zu werden.

Marina meinte, ihre tatsächlichen Beweggründe solle Xenia besser für sich behalten, denn Georgi sei Idealist. Bei einem so trivialen Motiv wie Geld bestehe die Gefahr, er könne abspringen. Schließlich gehe es um das Ziel und nicht um den Weg.

Ohne ihre beste Freundin hätte Xenia nie den Mut aufgebracht, an einen Auftragsmord zu denken. Marina hatte sie immer verstanden. Mit ihr konnte sie über alles reden. Ihre Seelen schwangen im gleichen Rhythmus.

Beide waren zu dem Ergebnis gekommen, dass eine Scheidung dem Vermögen nicht guttun würde. Marina war es auch, die den Kontakt zu Georgi vermittelt hatte. Auf die Frage, woher sie diesen Mann kannte, hatte sie nur gelächelt und mit der Zungenspitze die Oberlippe benetzt. Manchmal konnte sie richtig unheimlich sein.

Aufgeregt hielt Xenia ihren Schutzstein in der Hand und lief unruhig zwischen den Säulen der Backsteinkirche hin und her. Ein Erkennungszeichen, wie ein Buch unter dem Arm oder eine Blume am Revers, seien unnötig, hatte er gesagt und ergänzt: »Ich finde Sie.«

Georgi kam pünktlich. Eigentlich wirkte er gar nicht wie ein Killer. Er war etwas klein geraten und besonders kräftig schien er auch nicht zu sein. Xenia fragte sich, was sie erwartet hatte, einen grobschlächtigen Kerl voller Narben im Gesicht, mit kalten, stechenden Augen und einem Lächeln, das einem die Haare strammstehen ließ?

Mit einer einladenden Geste wies er in Richtung des Sankt Johannis Sommergartens, einem kleinen Biergarten, vor dessen Hof ein paar Tische zum Verweilen einluden.

»Wussten Sie,«, begann Georgi schließlich das Gespräch und betrachtete dabei die Kirche, »dass Karl Friedrich Schinkel das Gotteshaus entworfen hat? Es ist eine von vier Vorstadtkirchen, die nach dem gleichen Bauplan errichtet wurden.«

»Tatsächlich?«, fragte Xenia ungläubig. »Das klingt ein wenig nach Serienproduktion.«

Georgi schmunzelte.

Xenia hatte vor Aufregung nächtelang schlecht geschlafen. Der Killer musste das gespürt haben. Sein freundlicher Tonfall machte ihr Mut. Offensichtlich besaß er die gewisse Sensibilität, die sie an ihrem Mann so schmerzlich vermisste.

»Ich habe noch nie jemanden ... Auch wenn es sein *muss* ... Es ist dennoch mit Schrecken verbunden. Sie verstehen?«

Georgi nickte und drückte unbemerkt den Startknopf seines Diktiergerätes in der Manteltasche. Eine Vorsichtsmaßnahme.

Obwohl die Frühlingssonne schon wärmte, waren die Tische im Biergarten frei. Ein paar Touristen lasen in einem Stadtführer und studierten das Gebäude mit dem sympathisch italienischen Aussehen. Georgi setzte sich seiner Mandantin gegenüber und betrachtete erfreut den kleinen Primeltopf mit den gelben Blüten, der auf dem Tisch stand.

»Machen Schnittblumen Sie auch immer traurig?«, fragte er, ohne eine Antwort zu erwarten und schob den Topf vorsichtig zur Seite. Sein offen geäußertes Mitgefühl gegenüber Pflanzen und deren Leidensfähigkeit schien sie zu beeindrucken, denn ihre Schultern senkten sich entspannt ab.

Georgi bestellte Kaffee und wartete, bis dieser gebracht und die Bedienung verschwunden war. Sobald sie allein waren, schaute er sie abwartend an.

»Wir haben uns auseinandergelebt«, begann Xenia. »Alles, was mir wichtig ist, ignoriert mein Mann. Ich frage mich, wie ich jemals diesem Klotz verfallen konnte.«

Georgi strich sich durch die Haare. Innerlich stellte er sich darauf ein, dass sie in den nächsten Minuten ihre Enttäuschungen auflisten und ihren Frust bei ihm abladen würde. Zuhören gehörte zu seinem Job, ob es ihm passte oder nicht.

Mit Marina war Xenia vorab immer wieder das mögliche Gespräch durchgegangen, hatte mit ihr über jede denkbare Variante bis ins kleinste Detail beraten und sogar einzelne Gesten geübt. Eigentlich konnte nichts schief gehen. Sie hatte ein gutes Gefühl.

Xenia rieb sicherheitshalber an ihrem Schutzstein und erklärte mit tiefster Überzeugung: »Ich glaube, Harmonie ist ein göttlicher Urzustand. Alles in der Natur strebt danach. Menschen sollten sich dessen bewusst sein. Finden Sie nicht auch?«

Georgi antwortete nicht, lächelte aber verständnisvoll. Xenia nahm es als Aufmunterung. »Erst wenn wir mit dem Energiefluss der Natur wieder eins sind, können wir uns als glücklich bezeichnen. Mein Mann versteht das nicht.«

Sie zog ein Foto aus der Tasche und schob es über den Tisch. Ohne einen Blick darauf zu werfen, erklärte sie: »Übergewichtig, bekennender Fleischesser, unverbesserlicher Land-Rover-Fahrer, penetranter Kettenraucher. Müll zu trennen, kommt für ihn nicht infrage. Außerdem ist er ständig mit dem Auto unterwegs, um als Vertreter für gasbetriebene Heizpilze einer versnobten Kundschaft den Rest an Anstand aus dem Hirn zu brutzeln.«

Das mit den Gaspilzen war Marinas Idee gewesen. Sicher, eine Lüge, aber sozusagen für einen guten Zweck. Bei jedem

Umweltaktivisten musste allein diese Information Wut und Abscheu auslösen.

Georgi drehte das Foto um, damit nicht zufällig ein Vorübergehender das Gesicht erkannte. »Was erwarten Sie von mir?«

Eigentlich hatte sie vermutet, dass er konkrete Fragen stellen würde. Wo, wann, wie? Wahrscheinlich war er noch immer nicht restlos von dem Auftrag überzeugt.

»Natürlich bin ich mir bewusst«, bemerkte Xenia mit sorgenvollem Blick, »dass auch mein Leben nicht frei von Emissionen ist. Meine Bemühungen, Bäume zu pflanzen, Energie zu sparen und auf Fleischverzehr zu verzichten, sind leider nur ein kleiner Beitrag. Aber ich versuche es wenigstens. Meinem Mann ist es egal, ob die Natur hustet, die Bienen durch genmanipulierte Pflanzen unter Drogen stehen oder die Aura des Planeten nur noch von Grautönen beherrscht wird. Der Prototyp eines Ignoranten. Rolf verschmutzt die Umwelt für mindestens zwei Personen.«

Georgi atmete schwer aus, als begreife er erst jetzt die Tragweite des Problems. In diesem Moment glaubte sich Xenia am Ziel. Der Killer schien den ökologischen Gewinn einer Kappung des Lebensfadens ihres Mannes positiv bewertet zu haben. Innerlich jubelnd dachte sie: ›Nur ein kleiner Schritt für die Menschheit, aber ein großer Schritt für mich.‹

»Trennen Sie sich oder lassen Sie sich scheiden«, gab Georgi zu bedenken und rührte bedächtig in seinem Kaffee.

Genau wie Marina es vorausgesagt hatte. Der Mann war seriös. Jeden Auftrag unterzog er einer präzisen Überprüfung. Bekanntermaßen ist Mord vom Umtausch ausgeschlossen. Sie würde nicht in seine rhetorische Falle tapsen.

Zufrieden streichelte Xenia heimlich ihren schwarzen Turmalin und antwortete selbstbewusst: »Eine Scheidung löst das Problem nicht. Nach seinem Ableben gedenke ich, mit dem Geld Gutes zu tun. Zum Beispiel wollte ich schon immer monatlich eine großzügige Summe für die Rettung der Eisbären von meinem Konto abbuchen lassen.«

Sie neigte sich leicht über den Tisch und ergänzte mit fester Stimme: »Es gibt nur diesen Weg. Allein unser Garten ist ein Paradies. Doch Rolf würde am liebsten einen Parkplatz für seine Autos daraus machen.«

Georgi betrachtete Xenia genau, um sicherzugehen, dass sie es ernst meinte. »Ihre Entscheidung ... Sie beauftragen mich also, einen ...«

Die Frau unterbrach ihn schnell und hielt den Zeigefinger vor den Mund. Lustlos fragte der Kellner, ob sie noch Wünsche hätten. Beide verneinten. Gleichgültig ließ er sie allein.

»Ich sehe das so«, flüsterte sie leise und legte ihre Hand auf seinen Arm. »Mord ist zwar moralisch zweifelhaft, aber es verbessert die CO_2-Bilanz ungemein. *Direkt*, weil die wegfallende Atmung keine weiteren Gase mehr absondert. *Indirekt,* weil der ausbleibende Konsum an Sauerstoff sich positiv auf die gesamte Klimabilanz auswirkt. So gesehen, gebe ich Mutter Natur nur etwas zurück.«

Georgi ließ sich ihre Worte durch den Kopf gehen. Die Gründe, eine Person zu ermorden sind vielschichtig. Meist entsprechen sie klassischen Motiven. Neid, Gier, Hass, Rache oder Eifersucht. Dass jemand aus ökologischen Gründen eliminiert werden sollte, hatte er noch nie gehört.

»Ich verstehe Sie«, antwortete er dennoch. »Grundstücke haben mehr als einen materiellen Wert.«

Seine Mandantin nickte zufrieden. Offensichtlich war sie restlos von ihm überzeugt.

»Mir ist es einfach wichtig, so schnell wie möglich die Quelle der negativen Energien zu eliminieren. Bei der heutigen Lebenserwartung ist ein Mann per se Sondermüll. Unbehandelt dürfte so ein Körper gar nicht vergraben werden, erst recht nicht der von meinem Mann.«

Sie erhob die Stimme. Georgi zog die linke Augenbraue hoch, was ihm etwas Verwegenes gab. Tatsächlich war es ein Zeichen aufkommenden Genervtseins. Aber noch hatte sie ihm den Auftrag nicht direkt erteilt. Bisher war alles nur verbales Geplänkel gewesen.

»Wussten Sie, dass ein Menschenleben für unglaubliche achtzigtausend Tonnen Treibhausgas verantwortlich ist?«, fragte er, weil ihm nichts anderes einfiel. Er glaubte, eine derartige Zahl in einem Zeitungsbericht gelesen zu haben, war sich aber nicht sicher.

»Das ist doch schrecklich!«, stellte Xenia entrüstet fest und schien einen Augenblick lang unkonzentriert.

Offensichtlich wuchs in ihr gerade die Erkenntnis, dass ihr Ehemann eine erheblich größere Umweltbelastung darstellte, als sie ursprünglich kalkuliert hatte.

»Ich verstehe. Ihr Mann ist vierzig. Mit jedem weiteren Lebensjahr nehmen die Belastungen an Schwermetallen und anderen Umweltgiften in seinem Körper zu.«

So detailliert hatte Xenia das noch nie gesehen. Aber mehr als die vermeintlich schädlichen Stoffe, die sich in ihrem Gatten ansammeln würden, störte sie seine Restlaufzeit. Sie waren jetzt zwanzig Jahre verheiratet. Die Vorstellung, mindestens doppelt so lange auf sein Hinscheiden warten zu müssen, um in den Genuss des Erbes zu kommen, empfand sie als eine echte Zumutung.

»Sie haben den Auftrag! Beseitigen Sie diesen Unmenschen. Ich will meinen Mann nie wieder sehen. Zehntausend sagten Sie?«

Georgi nickte leicht. Obwohl er in seinem Beruf jegliche Bewertung, auch mimische vermied, musste er jetzt doch lächeln. Dann flüsterte er: »Es soll wie ein Unfall aussehen?«

Xenia hörte die Worte und spürte gleichzeitig ein Beben ihres Karmas. »Einen Unfall fände ich richtig gut.«

»Was halten Sie davon, wenn Ihr Mann von einem Auto überfahren wird? Am besten während einer seiner Dienstreisen. Nachts. In den Akten würde dann ›Fahrerflucht‹ stehen.«

Xenia schüttelte entsetzt den Kopf, wackelte mit dem Finger und erwiderte vorwurfsvoll: »Ein Auto finde ich nicht gut. Innerlich lehne ich diese Stinker total ab. Ein Zug wäre schön. Ist eindeutig umweltfreundlicher und entspricht doch eher unser beider Intentionen. Können Sie nicht mit einem Zug ...?«

Georgi schien nicht zu wissen, was er darauf antworten sollte. Nach einiger Zeit erwiderte er: »Ich habe keine Ahnung, wie ich Ihren Mann auf die Gleise bekommen soll. Außerdem bezweifele ich, dass er da stehenbleiben wird.«

Xenia seufzte. »Wie unüberlegt von mir. Vielleicht könnten Sie ihn in einer Wanne mit Strom umbringen. Radio oder Rasierapparat«, schlug sie vor, winkte aber sofort wieder ab. »Ist wahrscheinlich unmöglich herauszubekommen, ob das Hotel Ökostrom bezieht. Außerdem finde ich Duschen sowieso viel vernünftiger.«

Ratlos betrachtete Georgi Xenia und dann den Glockenturm der Johanniskirche. Eine der Glocken besaß die Inschrift ›Bist du der da kommen soll oder sollen wir eines anderen warten‹.

Es blieb still. Ein himmlisches Zeichen gab es nicht. Aber aus derartigen Situationen halten sich Gottes Abgesandte üblicherweise heraus.

»Und wenn Sie ihn erschießen? Das wäre doch die Lösung«, brachte Xenia vor und ergänzte aufgeregt: »Können Sie mit Pfeil und Bogen umgehen? Besser noch mit einer Armbrust? Das hat so etwas Animalisches.«

Ihren Vorschlag begleitet sie mit einem Geräusch, als würde ein tödlicher Bolzen durch die Luft zischen.

Georgi schaute sich sichtbar verzweifelt um. »Ich weiß nicht. Mit einer Armbrust? Üblicherweise verwenden Auftragskiller Präzisionsgewehre. Von mir aus auch Pistolen. Mit solch mittelalterlichen Waffen kann doch heute niemand mehr umgehen.«

Xenia verstand und spielte aufgeregt mit ihrer Unterlippe. »Erwürgen wäre eine echte Alternative. Das müsste doch gehen.«

Georgi nahm das Bild noch einmal zur Hand. Rolf war mindestens ein Meter neunzig groß. Er selbst dagegen war schmächtig und der Anblick seiner Hände konnte höchstens dazu dienen, den Umsatz von Hautcreme zu steigern.

»Ich bin mir nicht sicher«, gab er zu bedenken, »ob diese Finger in der Lage sind, einen Kehlkopf zu zerquetschen.«

Xenia kicherte. Sie machte einen Sterbenden nach und gluckste albern. Fassungslos schaute Georgi sie an.

»Ich stelle mir gerade vor, wie seine Augen aus dem Kopf quellen und die Zunge wie bei einem Hund aus dem Mund baumelt. Versuchen Sie es bitte. Ist doch auch für Sie eine ganz neue Erfahrung, oder?«

Entsetzt schüttelte er den Kopf.

Xenia redete sich in Rage. Ohne ihr Gegenüber noch einmal zu Wort kommen zu lassen, schlug sie Gift, Autoabgase und chemische Cocktails vor, die sie aber sofort aus ökologischen Gründen wieder verwarf. Enttäuscht meinte sie schließlich, dass wohl der Auftrag ganz profan mit einem Hammer, einer Brechstange oder einem Küchenmesser erledigt werden müsse.

Inzwischen hatten sich zwei Männer ein Stück abseits an einen der freien Tische gesetzt.

Xenia bekam davon nichts mit. Stattdessen nahm sie sich den Primeltopf und prüfte sein Gewicht.

»Ich glaube, Sie haben ein ernstes Problem!«, formulierte Georgi plötzlich langsam und entschieden.

Verwundert stellte Xenia den Blumentopf auf die Tischplatte. »Ich? Ein Problem? Wie darf ich das verstehen?«

Georgi legte die Hände zusammen, wie ein Pfarrer, der zwar Verständnis für seine Schäfchen hatte, sich aber immer wieder daran erinnern musste, dass von ihm Geduld erwartet wurde. »Es besorgt mich sehr, welch dunkle Gedanken Sie plagen.«

»Dunkle Gedanken? Nur weil ich ökologisch die beste Methode anstrebe?«, fragte sie erstaunt. »Ich habe nur diesen einen Mann. Ich möchte, dass er ordentlich ins Jenseits befördert wird. Wir sind seit zwanzig Jahren verheiratet. Das bin ich ihm schuldig.«

Georgi schaute sie mitleidig an. Mit ruhiger, fester Stimme

sagte er dann: »Ich bin nicht derjenige, für den Sie mich halten. Mein Name ist Herbst, Doktor Herbst. Ich bin Gutachter, Psychoanalytiker und Leiter einer geschlossenen Psychiatrie. Ihr Mann hatte schon lange den Verdacht, dass Sie ihn umbringen wollen. Er hat sich deshalb vertrauensvoll an mich gewandt.«

Xenia konnte nicht glauben, was sie da hörte. Ihr Mann hatte von ihren Plänen gewusst? »Sie sind Seelenklempner? Meine beste Freundin hat Sie mir vorgeschlagen ... Sie sind doch ein Auftragsmörder ... oder?«

»Sie sprechen von Marina? Sie war gemeinsam mit Ihrem Mann bei mir. Beide machen sich große Sorgen um Ihren Zustand.«

Es dauerte einen Augenblick, bis Xenia begriff. Dann begann sie zu lachen. Es war ein unbeherrschtes, unkontrolliertes Gekicher. Marina und ihr Mann? Unmöglich! Ihre Freundin hatte Rolf doch kaum beachtet.

Ihr Lachen wurde zu einem Schluchzen. Verzweifelt rieb sie ihren Schutzstein, aber der schwarze Turmalin schien bei derart starker negativer Energie den Geist aufgegeben zu haben. Xenia hatte nie etwas bemerkt. Rolf und ihre beste Freundin? Was für ein perfider Plan! Deswegen hatte Marina ihr also zugeredet.

Doktor Herbst winkte den Gästen am Nebentisch zu und stellte das Diktiergerät ab. Niemand konnte daran zweifeln, dass diese Frau gefährlich und unberechenbar war. Die Männer standen auf und erst jetzt sah man, dass sie unter ihren Mänteln weiße Kittel trugen. Die beiden Pfleger hielten die Frau mit ihren kräftigen Händen fest. Routiniert verabreichte Doktor Herbst ihr eine Beruhigungsspritze.

Xenia versuchte, sich zu wehren und sich dem Griff der Pfleger zu entziehen. Sie schrie ungeniert, tobte wie wild und konnte nicht aufhören zu lachen und gleichzeitig zu weinen. Die Bedienung des Sommergartens beobachtete neugierig das Geschehen.

Doktor Herbst erklärte ruhig und sehr überzeugend: »Eine Patientin von mir. Wir haben alles unter Kontrolle. Von dieser Frau geht keine Gefahr mehr aus. Wir kümmern uns um sie.«

Problemlos führten die Pfleger die hysterische Frau aus dem Biergarten. Ein Krankenwagen fuhr mit Blaulicht die Straße Alt-Moabit entlang und hielt vor der Johanniskirche.

»Verdammt! Lassen Sie mich los! Ich bin normal! Wirklich! Sie müssen mir glauben! Ich bin nicht verrückt!«

Langsam wirkte das Beruhigungsmittel und ihre Stimme wurde undeutlicher. Xenia hatte kaum noch Kraft sich zu wehren.

Kurz bevor sie im Inneren des Krankenwagens verschwand, entdeckte sie ein Pärchen auf der anderen Straßenseite, das alles genau beobachtete. Beide Personen kamen ihr bekannt vor. Xenia gelang nur noch eine verzweifelte Grimasse. Routiniert fixierten die Pfleger sie auf einer Krankenliege und schlossen dann die Türen.

Der Mann und die Frau warteten, bis sich die Aufregung gelegt hatte.

»Was passiert jetzt mit ihr?«, fragte Marina in einem Ton, der besorgt klingen sollte.

Rolf strich sich durch die Haare und antwortete: »Anfänglich wird sie permanent ruhiggestellt werden. Tabletten, Spritzen, das Übliche.«

Marina zog die Augenbrauen hoch und hatte Mühe, nicht loszulachen. »Und was machen wir jetzt? Gehen wir shoppen?«

»Was immer du von deinem Sauerteig erwartest«, antwortete Rolf und genoss es, als sie sich bei ihm einhakte. Beide schauten sich zufrieden an. Der Plan war bis ins kleinste Detail aufgegangen.

»Kommt sie jemals wieder raus? Sie ist immerhin meine beste Freundin.«

Rolf zuckte mit den Schultern und schüttelte sich bei der Vorstellung. Dann küsste er Marina auf die Stirn.

»Wenn sie ihre Tarotkarten befragt, wird ihr die Antwort nicht gefallen. Aber Doktor Herbst und ich halten Suizid für die glaubwürdigste Variante ... Quasi der Umwelt zuliebe.«

Wahl der Blumen

»In der Ehe ist es wichtig, dass man versteht,
harmonisch miteinander zu streiten.«
Anita Ekberg

Björn Gruber erlebte den beglückenden Zustand der Tiefenentspannung, wenn er die Mittagspause im Späth'schen Arboretum zwischen den herrlichen Pflanzen und Gehölzen genießen konnte. Das botanische Kleinod und die nicht weniger beeindruckende Späth'sche Baumschule, die sich im 19. Jahrhundert die größte Baumschule der Welt nennen durfte, befanden sich in unmittelbarer Nähe seines Arbeitsplatzes. Vom Bürofenster aus hatte Gruber einen wunderbaren Blick auf das Herrenhaus der Gärtnerdynastie, deren weltweites Ansehen für den Namen und die Entstehung des Treptower Ortsteils Baumschulenweg verantwortlich war.

Fast täglich besuchte er diesen Flecken Erde und erfreute sich an der englischen Parkgestaltung und den Blumeninseln, die liebevoll angelegt waren und ihn jedes Mal zufrieden lächeln ließen. Er studierte die beeindruckenden lateinischen Benennungen und erschnupperte den Duft der Blüten. Im eigenen Garten hatte er keinen Platz mehr für weitere Pflanzen, was er ausgesprochen bedauerte. Umso mehr genoss er die fantasievollen Züchtungen im Arboretum. Zwischen den alten Gehölzen und den duftenden Blumen fand Björn Gruber zu einer inneren Ruhe, die ihn immer wieder erstaunte. An besonders anstrengenden Tagen verweilte er minutenlang bei den Rosen, um sich an ihnen zu erfreuen. Oft erschienen ihm seine Sorgen plötzlich unbedeutend. Probleme lösten sich in nichts auf. Die Gedanken flossen unbekümmert, fast spielerisch dahin und manchmal setzte er sich in das Späth'sche Hofcafé, notierte sich ein paar lyrische Verse, ein literarisches Bonbon oder eine Weisheit, die er für wichtig erachtete.

Björn Gruber schaute nachdenklich auf die Aufzeichnungen seines letzten Besuches und summte den Rhythmus der Zeilen mit.

Die Fensterflügel schlagen wie wild,
nur das Haus rührt sich nicht.
Ruhm wird ohne ›h‹ geschrieben
und brennt im Hals.
Pegasus glaubt nicht an Pferdekneipen.
Mit dem Lorbeerkranz
würzt die Muse den Eintopf.

Natürlich war das keine anspruchsvolle Lyrik, aber er sah sich auf einem guten Weg.

Es würde sich als siebtes Poem des ›Schmunzelzyklus‹ einreihen. Zumindest hatte er es so geplant. Eigentlich hatte es ein Geschenk zum Hochzeitstag werden sollen. Eigentlich!

Vorsichtig fächerte er sich mit der flachen Hand den Duft einer englischen Rose zu. So angenehm das intensive und ausgewogene Bouquet der ›Gertrude Jekyll‹ auch war, diesmal blieb er uninspiriert. Kein schöner Gedanke formte sich hinter der Stirn. Allzu gern hätte er das kleine Gedicht um ein paar Metaphern ergänzt, doch zu schwer wogen die bitteren Erkenntnisse der vergangenen Stunden.

Seufzend schlug er eine neue Seite des Notizbuches auf, um das Wirrwarr seiner Überlegungen zu ordnen. Er musste sich dringend Klarheit über die eigene Befindlichkeit verschaffen. Noch zögerlich notierte er die ersten Sätze:

Kein Mensch ist von Natur aus böse oder schlecht. Niemand ist aber auch von Geburt an gut und all sein künftiges Streben unterliegt ausnahmslos positiven Sichtweisen. Menschliches Verhalten ist abhängig von den genetischen Grundlagen, anerzogenen moralischen Grundsätzen und der Situation, in der das Individuum handeln muss.

Dass Björn Gruber über derart Grundlegendes philosophierte, lag daran, dass seine ihn angeblich liebende Frau ihn mit seinem angeblich besten Freund und Firmenpartner betrog.

Noch gestern hatte sie Björn liebevoll ›Mauseöhrchen‹ genannt und ihn veranlasst, großzügig ein paar Scheine springen zu lassen. Auf die mahnenden Worte, das Geld vernünftig auszugeben, hatte sie einen Schmollmund gezogen und war dann lachend verschwunden.

Immer wenn sie etwas brauchte, nannte sie ihn Mauseohr und knabberte sinnlich an seinem Ohrläppchen, bis er ihrem Wunsch nachgab. Früher hatte er diese Liebkosungen geliebt, doch dienten sie ihr jetzt nur noch dazu, sich über ihn lustig zu machen. Künftig würde er Derartiges nicht mehr dulden. Es bedurfte einer Lösung, die nicht nur für den Moment, sondern auch für die Zukunft Bestand haben würde.

Es war purer Zufall gewesen, dass er ihre Liaison entdeckt hatte. Er hatte am Morgen einige betriebliche Unterlagen in der Küche liegengelassen. Zum Glück war es von der Firma bis zu seinem Haus in Adlershof nicht weit. Dennoch hatte Björn sich geärgert, dass er die Mittagspause für die Fahrt nutzen musste und so der Besuch bei den geliebten Pflanzen zu entfallen drohte.

Auf dem Küchentisch, direkt neben den Verträgen, hatte er eine Buchungsbestätigung für zwei Personen in der Romantik-Lounge eines renommierten Hotels auf Rügen gefunden. Während er die Fahrkarten – natürlich 1. Klasse – studierte, hörte Björn Stimmen und albernes Kichern. Es kam aus dem Bad. Jemand duschte. Auf Zehenspitzen schlich er zur Badezimmertür und schob sie einen Spaltbreit auf. Er erblickte seine Frau und den angeblich besten Freund lachend in der Duschkabine. Fassungslos war er anschließend in die obere Etage gestiegen und hatte von dort aus beobachtet, wie sie nackt auf die Terrasse traten. Unbekümmert gingen die beiden Betrüger davon aus, dass sie ungestört waren. Sie stiegen in den Pool, in *seinen* Pool. Als ob das nicht genügte, unterhielten sie sich leise, aber unverblümt darüber, wie sie ihn um sein Lebenswerk inklusive Vermögen bringen konnten. Björns Geschäftspartner erklärte ihr ein notarielles Schreiben, das eine großzügige Auszahlung des Geschäftsanteils versprach, in Wirklichkeit jedoch verklausuliert einen Verzicht beinhaltete und lediglich ein kümmerliches Taschengeld vorsah.

»Wenn dein Mann die Trennungsvereinbarung unterschreibt, sind wir ihn los.«

Seine Frau hatte hämisch gelacht und dann den Verräter geküsst.

Von wegen Mauseöhrchen! Wütend hatte Björn die Vertragsunterlagen genommen, sie zusammengerollt und die Hände darumgelegt, als wollte er sie erwürgen.

»Ich habe so meine Zweifel, ob der Trottel das unterzeichnen wird«, hörte er noch die untreue Gattin sagen, bevor er fast ohnmächtig vor Empörung leise aus der Wohnung geschlichen war.

Streng betrachtet war es ihr Hab und Gut, zumindest hatte sie es in die Beziehung eingebracht. Aber das zählte nicht mehr. Nach sieben Jahren Ehe war dieser Sachverhalt quasi verjährt. Von ihm die Trennung zu erwarten und darüber hinaus auch eine schriftliche Verzichtserklärung zu verlangen, hatte den wahren Kern der beiden offenbart.

In seiner Ehre gekränkt war Björn daraufhin wütend in das Späth'sche Arboretum geeilt. Hier ließ sich in Ruhe nachdenken. Er musste eine Strategie wider ihre Boshaftigkeit finden.

Zwischen prachtvoll blühenden Rhododendren hatte er sich der ersten Eingebung beugen wollen: emotionale Bestrafung der Untreuen und des Kompagnons durch Suizid. Er würde sich vor jenen Zug werfen, mit dem sie am Abend in den Liebesurlaub fahren wollten, ein Liebesurlaub, der alles andere als bescheiden war. Drei Tage in einem Fünf-Sterne-Hotel an der Küste, mit Fahrstuhl ans Meer und Wohlfühl-Wellnessprogramm!

Nach einigen Überlegungen schien ihm die Hoffnung, dass die für ihn wichtigsten Personen, die ihn so schändlich betrogen, nach seinem Freitod Reue empfinden würden, doch eher unwahrscheinlich. Allein der Kommentar des Geschäftspartners, er erinnere an ein falsch geparktes Auto und das bestätigende Nicken der Noch-Ehefrau, ließen keinen Zweifel daran, dass ein selbstgewähltes Finale ausgesprochen positiv aufgenommen werden würde. Selbstmord kam also nicht infrage.

Enttäuscht betrachtete Björn die bodenkriechenden Blüher und spazierte dann, noch immer ratlos, zu den Kletterpflanzen. Erneut bewunderte er die exotischen Waldreben mit den wunderschönen Namen: Clematis apiifolia, Clematis viticella und jene mit den schlichten cremefarbenen duftenden Blüten, Clematis brachiata. Allein die Namen zauberten ein Lächeln in sein Gesicht. Selbstverständlich mochte er auch die Schwarzäugige Susanne, die stolze Passionsblume und die Glockenrebe, deren Blütenkrone sich von gelbgrün zu violett wandelte. Unschlüssig blieb er vor dem Teich des Arboretums stehen, der von Schilf umsäumt war. Oft hatte seine Fantasie im undurchsichtigen Gestrüpp die zarten Körper lieblicher Musen zu entdecken geglaubt und Björn hatte ihnen ein paar lyrische Zeilen gewidmet. Selbst jetzt spürte er eine Gelassenheit aufkommen, die ihm wohltat.

Dankbar setzte er sich unweit des Teiches auf eine Gartenbank, die mit Wildem Wein umrankt war, und schaute auf Rache sinnend in Richtung eines Ginkgobaumes. In diesem Moment kam er sich wie ein lebendes Fossil vor.

Er könnte so tun, als würde er den Ehebruch nicht ernst nehmen. Ein bedauerliches, trieborientiertes Versehen der beiden Menschen, die ihm am nächsten standen. Natürlich wusste Björn, dass Männchen wie auch Weibchen saisonal mit archaisch triebhaftem Verlangen zu kämpfen haben. Dummerweise gehörten jedoch die eigene Frau und der beste Freund zu jener Gruppe, denen es an Selbstbeherrschung und innerer Stärke mangelte. Eine unschöne Nuance der Natur. Abgesehen davon waren alle Beteiligten erwachsen. Eine offene Beziehung galt heutzutage kaum noch als etwas Besonderes.

Er müsste nur unverändert dem Tagesgeschäft nachgehen und der Natur ihren Lauf lassen. Seine Frau könnte ihn weiterhin schmeichelnd Mauseohr nennen und er würde dafür in barer Münze zahlen. Wahrscheinlich löste sich die Liaison nach einigen Wochen in Wohlgefallen auf und niemand käme zu Schaden. Dummerweise schienen jedoch weder der Gattin, noch dem Geschäftspartner, der sinnliche Spaß zu genügen. Sie wollten zudem sein Vermögen, die Firma, das Haus.

Nein, der moderne Ansatz der offenen Beziehung verbot sich. Auch die Vorstellung Patchwork-Sex zu praktizieren, war ihm zuwider. Enttäuscht schrieb Björn Gruber in sein Notizbuch: *Verzeihen ist die Schwäche der Schwachen!*

Etwas hilflos betrachtete er die Zeile, stand schweren Herzens auf und wechselte in einen Bereich des Parks, in dem Studenten der Humboldt-Universität in einer Sonderaustellung über historische Schösslinge Wissenswertes zusammengetragen hatten. Er selbst gehörte nicht zu denen, die strengen Vorgaben folgend ihre Beete mit Gemüse und anderen Nutzpflanzen bestellten, liebäugelte aber durchaus mit den Werten *Ordnung* und *Disziplin*. Radieschen, Mohrrüben, Kohlrabi und Blattsalat in Reihen anzuordnen, war nicht nur praktisch, sondern auch reizvoll.

Björn hatte beim Lesen eines Kataloges entdeckt, dass es bisher viertausendsiebzig verschiedene Tomatensorten gab. Mehr noch hatte ihn allerdings beeindruckt, dass es Früchte in Weiß, Gelb, Orange, Dunkelorange, Rot, Rosa, Violett, Grün, Braun und in Schwarz gab. In einer Sonderausstellung hatte er gemeinsam mit seiner Frau sogar gestreifte, getigerte, gefleckte und marmorierte Tomaten gesehen. Seitdem besaßen ihre Salatkreationen erstaunliche Farbnuancen. Wehmütig dachte Björn daran, dass sie ihn in dieser Ausstellung zum ersten Mal Mauseohr genannt hatte.

Er selbst konnte auf Blatt- und Gemüsearrangements mit Kräutern verzichten. Wenn das Essen schon aus rohem

Pflanzenmaterial bestehen musste, dann reichte ihm kleingeschnittene Paprika aus dem Discounter, kombiniert mit einer europäischen Durchschnittsgurke und ein paar holländischen Fleischtomaten. Dressing gab es günstig zu kaufen und es vermochte problemlos die aromatischen Schwächen der industriell gezüchteten Salatbestandteile zu kaschieren.

Aber jede Beziehung verlangt Kompromisse. Natürlich wusste auch Björn Gruber das. ›Soll sie ihren Willen haben‹, hatte er nach ermüdenden Diskussionen schließlich resigniert und sich nie wieder zweifelnd über kaltgepresstes hochwertiges Olivenöl und echten Balsamicoessig geäußert. Er selbst hatte seitdem auf Salat verzichtet, um zumindest die Ausgaben ein wenig zu reduzieren.

Vielleicht lag es an der Erinnerung an jene Tomatenausstellung, die ihn dazu brachte, die Situation nüchtern zu analysieren.

Seine tiefsinnige Erkenntnis, die er sogleich in das Notizbuch schrieb: *»Wenn man nichts hat, kann man auch nichts verlieren. Glück ist immateriell!«*, verwarf er kopfschüttelnd wieder. Selbstverständlich würde er weder auf das gemeinsame Haus am Rande des Adlershofer Forstes verzichten, noch das Vermögen oder sonst etwas freiwillig hergeben. Schon in dem Moment, als er die albernen Worte *»Glück ist immateriell«* aneinandergereiht hatte, empfand er den Gedanken als lächerlich.

Verzichten? Niemals! Die Vorstellung, die Zukunft bestünde darin, Papierkörbe nach Verwertbarem zu durchsuchen, ließ ihn frösteln. Die ehemaligen Nachbarn würden ihn wahrscheinlich ›Flaschen-Björn‹ nennen und mitleidig ein paar Cent in den leeren Kaffeebecher werfen, wenn überhaupt. Nein, als Gutmensch taugte er nicht. Mit friedlichen Mitteln war dem Angriff auf sein Leben unmöglich zu begegnen. Leergut sammeln wäre sein Tod.

Björn Gruber floh vor der Aussicht, sich die Radieschen von unten anzuschauen, und schenkte der Sonderausstellung keine weitere Beachtung. Antike Möhren und klassische Kohlrabis besaßen nicht das Potential, ihn aus der bedrohlichen Situation zu helfen.

Innerlich aufgewühlt und zunehmend verzweifelt begab sich Gruber zum Steingarten des Parkes. Hier hatte er oft die ungewöhnlichsten Ideen und auch dieses Mal erhoffte er sich von den spartanischen Lebenskünstlern die Inspiration eines pragmatischen Ansatzes. Tatsächlich begann, eine ›Auge für Auge‹- und ›Zahn für Zahn‹-Strategie in ihm zu reifen, als er am Rande des Geländes ein martialisch wirkendes grasähnliches Gewächs entdeckte. Interessiert las er: *Morgenstern-Segge*. Es handelte sich um ein Schattengras, dessen Fruchtstände an die gefürchtete Schlagwaffe aus dem Mittelalter erinnerten. Der alttestamentarische Gedanke, Gleiches mit Gleichem zu vergelten, war Björn ausgesprochen sympathisch und schien ihm angemessen. Immerhin wollten ihn Frau und Freund um die Lebensqualität, genauer betrachtet, um sein Leben bringen.

Zufrieden lächelte er der Quelle der Inspiration zu. Ein mit Eisendornen versehener Morgenstern würde das Problem beseitigen. Die theoretische Schlussfolgerung war simpel, die praktische Umsetzung dagegen erschien weniger einfach. Der Mord durfte nicht mit ihm in Verbindung gebracht werden. Außerdem hatte Gruber keine Vorstellung, wo sich eine solche Waffe erwerben ließ.

›Dein Mauseohr wird improvisieren müssen‹, flüsterte er wenig später in Gedanken der untreuen Gattin zu und schritt entschlossen durch die Reihen des Gartenmarktes. Hier wurde alles angeboten, um das Projekt umzusetzen. Ein Axtstiel mit überlangen Nägeln, die durchs Holz getrieben waren, versprach die gleiche Wirkung wie die mittelalterliche Schlagwaffe. Zufrieden legte er einen Eschenstiel und Nägel mit zehn Zentimeter Länge in den Einkaufswagen.

Genial fand er seine plötzliche Eingebung, der Tat eine erschreckend abstoßende Komponente zu geben: Er würde die beiden

Leichen zerstückeln, die kleingehackten Körperteile wie einen ihrer gesundheitstriefenden Salate mischen und als unübersehbare Häufchen im Späth'schen Arboretum arrangieren. Das Ganze musste in der Öffentlichkeit zweifellos wie die Tat eines Verrückten anmuten und jeglichen Verdacht von ihm ablenken. Die Idee war Gruber in jenem Moment gekommen, als er sich in der Technikabteilung des Gartencenters über die Leistungsfähigkeit elektrischer und benzinbetriebener Gartenhäcksler informiert hatte.

So sehr er den Plan als beglückend empfand, besaß dieser doch einen Haken. Björn Gruber konnte zwar auf seine Frau verzichten, schlecht jedoch auf den Kompagnon. Sein technisches Wissen war der Garant für den wirtschaftlichen Erfolg. Die Firma lebte von den Patenten des Kollegen. Ein ökonomisch versierter Mitarbeiter, der ihn selbst ersetzte, ließ sich dagegen jederzeit finden. Die vorbereitete Verzichtserklärung hatte es unmissverständlich belegt. Das Unternehmen konnte ohne ihn, nicht jedoch ohne seinen Geschäftspartner existieren. Er würde den Kerl am Leben lassen müssen.

Blieb nur die weniger gerechte Variante, lediglich die untreue Frau aus der Welt zu schaffen. Natürlich bedauerte Björn diese Einschränkung.

›Alles kann man nicht haben‹, schlussfolgerte er nüchtern, schrieb den Satz fein säuberlich in sein Notizbuch und fand sich damit ab.

Nach dem Tod der Gattin gedachte er, mit ihrem Körper dennoch in erwähnter Weise zu verfahren. Um dem Mord eine emotionale Dimension zu geben, beschloss Gruber, Blüten des Tränenden Herzens über sie zu streuen. Selbst gestandene Gartenfreunde wussten oft nicht, dass mit dem Herabklappen der Blütenblätter ein Männchen in der Badewanne erschien. Sein Geschäftspartner war Techniker und hatte von Pflanzen keine Ahnung. Darauf, dass ihn das Gebilde quasi beim Duschen nach dem Sex zeigte, würde er niemals kommen. Gruber musste kichern bei dem Gedanken. Er war sich sicher, auch die eingeschränkte Version bot der Presse ausreichend Stoff, um über die Tat eines Psychopathen ausführlich zu spekulieren.

Der Vorteil der ›kleinen Lösung‹ bestand eindeutig darin, dass ihm die Firma und sein geliebtes Büro in der dritten Etage erhalten blieben. Weiterhin würde er die Aussicht auf das beeindruckende Späth'sche Herrenhaus und die wunderbare Natur genießen. Abgesehen davon wäre das beträchtliche Erbe der Untreuen ein angemessener Ausgleich für das zeitaufwendige Häckseln ihrer Überreste.

Zusammen mit seinem Freund und Geschäftspartner würde er – selbstverständlich mit unterschiedlicher Intensität – eine Zeitlang um die Ermordete trauern und sich Wochen später wieder der täglichen Arbeit zuwenden. Männerfreundschaften sind von Natur aus robust.

Natürlich erkannte Björn Gruber, dass ein solch abstoßendes Verbrechen eine gewisse Vorbereitung verlangte. Die eigene Frau einfach zu töten, war viel zu auffällig. Ein paar Unbeteiligte mussten dem Blümchenmörder – wie die Presse den Täter sicherlich betiteln würde – als Übungsobjekte und, was wichtiger war, als falsche Fährte dienen. Berlin hatte viele wunderbare Parkanlagen.

Kommissare dürften nach dem dritten Leichenfund, die alle liebevoll mit Blüten verziert waren, ratlos von einer Serie sprechen, eine Sonderkommission einberufen und um die Unterstützung der Bevölkerung bitten. Niemand käme auf den Gedanken, ihn, den Buchhalter eines renommierten Unternehmens, als Blümchenmörder zu verdächtigen. Ein perfekter Plan.

Da seine Frau ein zartes Wesen war, mit dünnen Knochen, brauchte er nur einen Häcksler zu kaufen, der im mittleren Preissegment angeboten und mit Astdicken von fünf, höchstens sechs Zentimetern problemlos verfahren konnte.

Zufrieden ließ er sich von einem Verkäufer den Schredder seines Vertrauens in den Wagen stellen und schlenderte zur Kasse. Plötzlich blieb er wie angewurzelt stehen. Gattin und Geschäftspartner strichen mit ernster Miene von einer Einkaufsliste Punkte ab. Es dauerte einen Augenblick, bis Björn Gruber begriff, dass die Mitnahme der Betriebsunterlagen ihn verraten haben musste. Nachdem sie aus dem Pool gestiegen waren, war ihnen sicherlich das Verschwinden der Dokumente aufgefallen. Daraufhin mussten die frisch Verliebten ihren ursprünglichen Plan verworfen haben.

Etwas auf ihrer Liste schien noch zu fehlen, denn sie sahen sich suchend um.

»Hier muss es doch auch Spaten geben, oder?«, hörte er seine Frau fragen.

Sobald beide in einem der Nebengänge verschwunden waren, nutzte Björn die Gelegenheit und schaute neugierig in ihren Einkaufswagen. Teichfolie sowie ein paar Säcke Kalk lagen darin neben einer Packung Rattengift. Dass sein Freund eine benzinbetriebene Kettensäge des Marktführers zu erstehen gedachte, war typisch für ihn. Wahrscheinlich besaß das Monstrum fünf Sterne. Zugegeben, es war ein ideales Gerät zum Portionieren.

Entsetzt war Björn Gruber nur über eine kleine mickrige Pflanze. Während er, mit einer gewissen Poesie das Tränende Herz gewählt hatte, empfand er die Wahl seiner Frau zutiefst lächerlich. Enttäuscht betrachtete er den winzigen Topf. Er hasste dieses Vorgartenkraut: *Myosotis!* Vergissmeinnicht oder wie es auch, wegen seiner Blattform genannt wurde: Mauseöhrchen.

Ungewolltes Rendezvous

»Nichts ist beglückender, als den Menschen zu finden, den man den Rest des Lebens ärgern kann.«
AGATHA CHRISTIE

René Clausen war kein Menschenfreund. Dennoch nahm er grundsätzlich nur Aufträge an, von deren Richtigkeit er überzeugt war. Engagiert wurde er regelmäßig von einem Mann, der auf seiner Visitenkarte die schlichte Bezeichnung ›Ansprechpartner‹ führte. Darunter der Name Rufus D., in einem etwas kitschig anmutenden Schriftzug.

Natürlich war das nicht der tatsächliche Name, aber in ihrer Branche, war es besser, anonym zu bleiben. Wenn es etwas zu erledigen gab, nahm der Ansprechpartner Kontakt zu ihm auf. Auch wenn zwischen den beiden Männern die Gespräche kurz und pragmatisch stattfanden, Privates nur gestreift wurde, so hatte sich mit den Jahren dennoch eine respektvolle freundschaftliche Beziehung aufgebaut. Demnächst wollte Rufus D. das Geschäft der pragmatischen Nächstenhilfe aufgeben. Manchmal hatte René Clausen den Verdacht, dass der Ansprechpartner sich bisher nur nicht auf sein Altenteil zurückgezogen hatte, weil er väterliche Verantwortung für ihn empfand. Tatsächlich stände er ohne Aufträge da, sobald dieser Tag kam.

René Clausen agierte als Dienstleister für besondere Herausforderungen. Eine genaue Bezeichnung für das, was er tat, gab es nicht. Er selbst bevorzugte die Formulierung ›Lebenslaufgestalter‹, denn alles was er tat, war das Ändern künftiger Biographien. Rufus D. lieferte Namen, Fotos und Dossiers sowie das zu erreichende Ergebnis. Alles andere oblag Clausens Verantwortung.

Meist waren es simple Aufträge. Ein Politiker, der mit Ehrlichkeit nicht weiter kam, bezahlte dafür, dass bei einem korrupten

Parteifreund illegale Spendenbelege so platziert wurden, dass der Zoll sie finden musste. Das anschließende Gerichtsverfahren wurde zwar wegen mangelnder Beweise eingestellt, aber das politische Hemmnis war aus dem Weg geräumt.

In einem anderen Fall hatte ein durch Intrigen geschasstes Mitglied der Geschäftsführung eines renommierten Unternehmens dafür bezahlt, eine Kamera in der Frauenumkleide zu platzieren. Die Fotos leicht bekleideter Mitarbeiterinnen entdeckten, nach einem anonymen Hinweis, Polizeibeamte auf dem Rechner jenes Karrieristen, dem der frei gewordene Sessel zugesprochen worden war. Zwar bekam der entlassene stellvertretende Geschäftsführer den Job nicht zurück, aber er fühlte sich nach dem Racheakt erheblich besser.

Zuweilen waren es sogar Väter, die sich für ihre Töchter einen anderen Mann wünschten, die an den Ansprechpartner herantraten. Erst in der letzten Woche hatte René Clausen eine Professionelle engagiert, um dafür zu sorgen, dass Papas verliebter Prinzessin die Augen geöffnet wurden. Dienstreisen waren ideal, um Lebensplanungen eine andere Richtung zu geben. Dafür, dass die Eskortdame am Morgen neben dem untreuen Verlobten aufwachte, just in dem Moment als Vater und Künftige den Raum betraten und überrascht fragten: »Wer ist denn das Flittchen?«, wurde die Dame ausgesprochen großzügig belohnt.

René Clausen liebte seinen Job. Lebensläufe zu ändern, garantierte ein vorzügliches Einkommen. Schlaflose Nächte quälten ihn nicht. Allerdings hatte der Beruf einen Nachteil: Eine feste Beziehung oder gar eine Familie war undenkbar. Mit der Zeit hatte er sich daran gewöhnt.

Der Einbruch in der Villa Sonnenschein mit ihren vierzehn Zimmern galt einem Bild. ›Glückliches Paar an der Havel‹. Genau genommen handelte es sich nicht um einen der üblichen Aufträge, die Rufus D. ihm übertrug. Das Gemälde sollte einer alten Dame zurückgegeben werden, deren Großeltern es einst von einem berühmten Maler geschenkt bekommen hatten. Das Bild stammte von Max Liebermann. Er hatte 1931 liebevoll eine Sommerfrische dargestellt, und das Sujet des blühenden Gartens und eines sich umarmenden Paars für die Ewigkeit auf Leinwand gebracht. Neben dem beträchtlichen materiellen Wert hatte es für die Auftraggeberin vor allem einen ideellen.

Der Einbruch in die aufwendig restaurierte Villa eines italienischen Rechtsanwalts, der sein Geld in Berliner Luxusimmobilien anlegte, war für den Silvesterabend geplant. René Clausen gehörte nicht zu jenen Menschen, die das Bedürfnis verspürten, böse Geister durch exzessives Böllern zu vertreiben, auch wenn er die Ästhetik eines Feuerwerkes durchaus mochte. Feiertage waren für ihn normale Arbeitstage.

Wie immer verlief der Einbruch problemlos. Die Unterlagen des Ansprechpartners hatten ergeben, dass das Sicherheitssystem antiquiert war und die Schwächen der Technik für den Bruch hilfreich waren. Offensichtlich glaubte der römische Avvocato, dass der Name Siciliano auf dem Klingelschild jeden in die Flucht schlagen würde. Zwar wusste Clausen, dass der Name Nähe zur Mafia assoziieren sollte, aber Signore Alfonso Siciliano bereiteten ihm keine Sorgen. Der grobschlächtige Hausmeister dagegen, der im Seitenflügel wohnte und während der Abwesenheit des Italieners die Villa behütete, beunruhigte ihn mehr.

Clausen stieg problemlos an einem der Seitenfenster am Ostturm ein, in dem sich bis heute die Küche für die Mitarbeiter befand. In der unteren Etage der Villa residierte eine Computerfirma des Rechtsanwalts. Angeblich liefen hier alle Geschäfte zusammen, die im europäischen Raum getätigt wurden.

Das Gemälde fand Clausen, wie angekündigt, im Grünen Salon, einem umfunktionierten Arbeitszimmer, in der ersten Etage. Im oberen Stock befanden sich die Privatgemächer Sicilianos, die der Herr des Hauses nur selten nutzte. Liebermanns Bild ›Glückliches Paar an der Havel‹ hing zwischen anderen wertvollen Gemälden ein wenig schief an der Wand. Offensichtlich war der

Schwerpunkt falsch bestimmt worden und der jetzige Besitzer hielt es für unwichtig, die Öse zu versetzen. *Siciliano* mochte zwar im Geld schwimmen, besaß aber nicht den Hauch von Stil. Die Hängung der Kostbarkeiten über dem gigantischen Schreibtisch erinnerte an ein Korkbrett, an dem wahllos Quittungen, Zettel mit Telefonnummern oder Gutscheine für Rabattaktionen geheftet waren.

Vorsichtig stieg Clausen auf die Schreibtischplatte und nahm das Bild ab. Er betrachtete es kurz und tauschte das Original gegen eine Fälschung aus. Zufrieden schaute er auf die Uhr. In kaum zwei Stunden würde das alte Jahr vergangen sein. Bis dahin war er zurück in seiner Wohnung und konnte das Feuerwerk über dem Brandenburger Tor in Ruhe genießen.

Ein unangenehmer Ton riss ihn schlagartig aus seinen Gedanken. Die Alarmanlage tat ihren Dienst. Gleichzeitig schaltete sich eine Notbeleuchtung an. Fluchend packte er das Originalgemälde in den mitgebrachten Schuber und stieg vom Schreibtisch. Viel Zeit blieb nicht. Der Wachschutz brauchte drei Minuten bis hierher und der Hausmeister konnte jeden Augenblick auftauchen.

Als René Clausen gehetzt den Raum verließ, rannte er fast in die Arme einer Frau, die ihn mit entsetzten Augen anstarrte. Zum Wachschutz gehörte sie eindeutig nicht. Dazu war sie, vorsichtig formuliert, zu sportlich gekleidet. Üblicherweise trugen die Angestellten der Sicherheitsfirma eine schlapprige Uniform und keine zweite Haut.

Nachdem beide den ersten Schreck überwunden hatten, fauchte sie ihn wütend an: »Haben Sie den Alarm ausgelöst?«

»Selbstverständlich nicht«, antwortete Clausen konsterniert.

»Was machen Sie hier?«, erkundigte sie sich ungehalten und wies auf den sperrigen Schober in seiner Hand. »Sind Sie ein Einbrecher?«

Beleidigt betrachtete er sie von oben bis unten und fragte ebenfalls scharf: »Und Sie? Machen Sie Gymnastik im Dunkeln?«

An der Eingangstür in der unteren Etage waren eine fluchende Stimme und Schließgeräusche zu hören, die alle paar Sekunden von dem nervigen Alarmton überlagert wurden.

»Kommen Sie mit, ich werde uns retten«, flüsterte die Frau und zog ihn hinter sich her.

Ihr Plan sah so aus, dass beide in einer schmalen Kammer dicht beieinanderstanden und sich bemühten, ihre Atmung zu kontrollieren. Die kleine Kammer befand sich in der Bibliothek gut versteckt in der hinteren Ecke des Raumes. Die Klappe, eine exotische Holztäfelung, war mit bloßem Auge unmöglich zu erkennen. Eine Geheimkammer. Man musste von ihrer Existenz wissen.

Bei jedem Atmen spürte René Clausen den Körper der Frau. Beide versuchten, ihre Atmung zu beruhigen. Er spürte ihren Pulsschlag, denn was an seiner Brust bebte, war ihre. So viel Wärme machte ihm zu schaffen, und auch wenn die Situation mehr als unpassend war, er fand, dass die Frau angenehm duftete.

Aus der unteren Etage klang die aufgeregte Stimme des Hausmeisters. Das Licht wurde für beide Etagen angeschaltet. Der grobschlächtige Kerl fluchte. Zwei weitere Stimmen verrieten, dass inzwischen auch der Wachschutz eingetroffen war.

»Würden Sie das bitte unterlassen!«, flüsterte die Frau ungehalten.

»Was meinen Sie?«

»Ist das, was ich da spüre, das was ich denke?«

›Gut, dass es dunkel ist, in diesem Verschlag‹, dachte René Clausen und fühlte, dass sich sein Gesicht rot verfärbte. Er versuchte, Abstand zu gewinnen, was ihm aber nicht gelang.

»Entschuldigung! Es kommt nicht sooft vor, dass ich derart eng gedrängt mit einer attraktiven Frau, die quasi nackt ist, in einer Art Besenkammer stehe«, erklärte er flüsternd.

»Sie wollen sich nur herausreden. Schämen Sie sich!«

»Glauben Sie mir, das tue ich. Wirklich!«, beteuerte er mit gedämpfter Stimme und befahl seinem Verstand, sich auf etwas anderes zu konzentrieren. Es half nicht.

»Denken Sie an kaltes Wasser!«, riet sie leise, doch ein leichter Unterton verriet, dass sie sich über ihn amüsierte.

Endlich wurde die Alarmanlage ausgeschaltet. Viel konnte man durch den schmalen Spalt der geheimen Tür nicht erkennen. Offensichtlich waren der Wachschutz und der Hausmeister noch damit beschäftigt, in der unteren Etage die Büroräume zu überprüfen.

»Sie kennen sich gut aus hier«, bemerkte er leise.

»Ich hatte vor ein paar Jahren Gelegenheit, über die Geschichte dieses Hauses Recherchen anzustellen.«

Dann schwiegen beide wieder. Erleichtert stellte er fest, dass der Tipp mit dem kalten Wasser funktionierte. Wie lange das vorhielt, war fraglich. Sobald sich die Frau auch nur ein wenig bewegte, empfahl er sich ein Bad in arktischer Umgebung. Um eine erneute Peinlichkeit zu vermeiden, hielt er es für angebracht sich mit Fragen abzulenken.

»Wie sind Sie denn hereingekommen?«, flüsterte er.

»Durch die Tür.«

»Mit einem Schlüssel?«

»Nummernschloss. Kein Problem. Der zwölfstellige Code hat allerdings ein kleines Vermögen gekostet.«

»Und Sie?«

»Über das Küchenfenster.«

»Die sind doch elektrisch gesichert?«

Ein wenig stolz flüsterte er: »Das lässt sich einfach überbrücken, wenn man weiß wie.«

»Behaupten Sie bitte nicht, Sie haben Kaugummipapier verwendet.«

»Transparenter Klebestreifen aus leitfähigem Kunststoff. Ist mit bloßem Auge nicht zu erkennen.«

Die Treppenstufen knarrten unter den schweren Schritten des Hausmeisters. Schlurfend ging er die einzelnen Zimmer ab und prüfte die Fenster. Ab und an rüttelte er an einem der Fensterriegel, aber Ungewöhnliches stellte er nicht fest. Glücklicherweise schien der Wachschutz keinen Hund dabei zu haben. Ein paar Zimmer weiter, dort wo sich der Grüne Salon befand, begann eine Diskussion. Der Hausmeister war zweifelsfrei angetrunken. Er versuchte, den Wachschutz zu überzeugen, dass es besser sei, Herrn *Siciliano*, wobei er dem Namen mindestens dreimal so viel Buchstaben verpasste, nicht auf der Silvesterparty zu stören. »Wir wollen doch alle feiern«, lallte er. Eine gelangweilte Männerstimme belehrte ihn, dass erst grünes Licht aus der Zentrale signalisiert werden muss und sie bis dahin am Gefährdungsort zu verbleiben haben. Der Hausmeister fluchte.

Plötzlich fing die Frau leise an zu lachen.

»Finden Sie das wirklich amüsant?«, presste René Clausen verständnislos durch seine Lippen.

»Ich habe ja schon eine Menge unterirdisch miese erste Dates erleben müssen, aber dieses ist zweifelsfrei in den Top Ten ganz oben anzusiedeln.«

»Das hier ist eine Notlösung und kein Rendezvous! Normalerweise lerne ich Frauen nicht in einer Besenkammer kennen«, antwortete er beleidigt.

Beide schwiegen und lauschten. Sprechfunk war zu hören und die genervte Bestätigung, dass Türen und Fenster ordnungsgemäß verschlossen seien.

»Was haben Sie eigentlich mitgehen lassen?«, fragte sie mit gedämpfter Stimme und trat vorsichtig gegen die Tasche mit dem Bildnis.

Verärgert raunte er: »Lassen Sie das! Auch wenn Sie es nicht glauben, ich bin kein Dieb. Ich löse lediglich ein Versprechen der Vergangenheit ein.«

Er hatte erwartet, dass sie sich verwundert zeigen oder zumindest nachfragen würde, stattdessen erklärte sie: »Es dauert circa eine Stunde, bis die Zentrale grünes Licht gibt. Es sei denn, *Siciliano* hat sein Handy ausgeschaltet. Hoffen wir, er wird das Ganze als Fehlalarm interpretieren. Bis jemand vom Wachschutz den Kerl erreicht hat, müssen wir die Zeit irgendwie überbrücken.«

Langsam schliefen ihm die Füße ein. Besorgt versuchte er, die Last des Körpers auf das andere Bein zu verlagern, was ihm sofort einen leichten Schlag mit der Hand einbrachte.

»Was soll das denn?«, protestierte er.

»Nicht bewegen! Der Boden unter uns knarrt.«

Natürlich konnte er das nicht nachprüfen, aber eine innere Stimme riet ihm, der Unbekannten zu glauben.

»Was ist denn der Grund für *Ihre* Anwesenheit?«, raunte er ihr zu. Sie antwortete nicht.

»Wenn Sie einfach so durch die Tür spaziert sind, warum tragen Sie dann so ein hautenges Outfit? Für die Jahreszeit ist es zwar ungewöhnlich mild, aber warm ist es auch nicht gerade.«

Sie schwieg beharrlich und er konnte spüren, dass sie nachdachte.

»Welch ein Versprechen der Vergangenheit lösen Sie denn ein?«, erkundigte sie sich genau so leise und umging elegant Clausens Frage.

»1931 malte Max Liebermann ein Bild – Glückliches Paar an der Havel. Das Gemälde ist eines seiner weniger bekannten Werke, da es niemals ausgestellt wurde. Nur eine kleine Notiz in den Aufzeichnungen des Meisters erwähnt die Arbeit überhaupt.«

»Und woher wissen Sie das?«

»Das gehört zu den üblichen Hausaufgaben. Ich halte es für sehr wichtig, dass man genau weiß, was auf einen zukommt. Damals jedenfalls zeichnete Liebermann ein Pärchen, das am Ufer stand und sich küsste. Und jetzt wird es interessant. Als die beiden Verliebten dem alten Liebermann gestanden, dass es ihr erster Kuss war, schenkte er ihnen das Bild spontan. Zehn Jahre später starben die Verliebten in Auschwitz. Beide waren Juden. Aber ihre zehnjährige Tochter und der einjährige Sohn überlebten. Nach dem Krieg galt das Bild als verschollen. Bis vor einem Jahr. *Siciliano* hat es bei einer Auktion in Mailand ersteigert. Meine Auftraggeberin erkannte es zufällig bei einem Fernsehbericht. All die Jahre war sie überzeugt gewesen, im Krieg seien alle

Erinnerungsstücke und Fotos der Familie verlorengegangen. Bis zu diesem Augenblick. Es war das einzig verbliebene Bild ihrer Eltern.«

Die Frau holte tief Luft und seufzte. »Das ist so romantisch. Und für sie stehlen Sie das Gemälde? Klingt ein bisschen nach Robin Hood. Das haben Sie sich ausgedacht, oder?«

Clausen ärgerte ihre spitze Bemerkung.

»Warum erzähl ich Ihnen das überhaupt? Ich habe Sie noch nie vorher gesehen.«

Beide schwiegen und konzentrierten sich auf die Geräusche, die noch immer aus dem Grünen Salon kamen. Ein alberner Trinkspruch verriet, dass der Hausmeister den Wachschutz überzeugt hatte, dass das nervige Warten mit Alkohol erträglicher war.

»Nach meiner Rechnung ist die Frau jetzt über achtzig Jahre alt.«

»Im März wird sie dreiundachtzig«, korrigierte er ihre Schätzung.

Sie schien zu rechnen.

»Gut, ich glaube Ihnen«, flüsterte sie. Nach einer Weile ergänzte sie: »Ich weiß, das klingt jetzt komisch und verstehen Sie es bitte nicht falsch, aber ich muss Sie um etwas bitten.«

Statt eine Antwort zu geben, brummelte er seine Zustimmung.

»Wenn Sie Ihre linke Hand hinter meinem Rücken ein wenig nach oben und dann nach innen schieben und ein bisschen krabbeln –«

»Ist nicht Ihr Ernst?«

»Ich halte das nicht länger aus. Das juckt unerträglich. Bitte! Irgendwas ist da.«

René Clausen tat, um was sie ihn gebeten hatte, und kreiste vorsichtig mit den Fingern um jene Stelle neben der Wirbelsäule, die ihr zu schaffen machte.

»Ein bisschen kräftiger!«

Er musste sich beherrschen, um nicht loszulachen. Draußen polterte eine Flasche auf den Boden. Offensichtlich war sie dem

Hausmeister aus der Hand gefallen. Die beiden vom Wachschutz lachten.

»Besenkammern gehören also nicht zu Ihren bevorzugten Orten, Frauen anzubaggern. Verraten Sie mir, wie wäre Ihre Vorgehensweise gewesen, mich näher kennenzulernen.« Dabei betonte sie das Wort *näher* ausgesprochen sinnlich.

»Was macht Sie so sicher, dass ich mich für Sie interessiere?«

»Natürlich hätten Sie mich kennenlernen wollen. Oder wollen Sie behaupten, dass Sie mich nicht reizvoll finden?«

Vorsichtshalber dachte René Clausen wieder an eine mit Eiswürfeln gefüllte Wanne und nahm gedanklich ein arktisches Bad.

»Wie hätten Sie es angestellt? Erklären Sie mir das. Wir haben Zeit.«

Er zögerte einen Augenblick, bevor er sagte: »Ich wäre nach der bewährten Sechs-Punkte-Methode vorgegangen.«

Er wartete darauf, dass sie erstaunt fragte, worin diese sechs Punkte bestanden. Als die Frage ausblieb, räusperte er sich leise und sagte: »Nehmen wir einmal an, wir lernen uns während der Arbeit kennen.«

»Nicht sehr originell«, antwortete sie und schien enttäuscht.

»Ist nur ein Beispiel. Ist doch egal, wo man sich das erste Mal sieht. Was zu archaischen Zeiten funktioniert hat, funktioniert auch heute noch. Rituelle Grundmuster, die weitgehend gleich ablaufen.«

Er legte eine kurze Kunstpause ein.

»Also gut! Wir begegnen uns in einer Galerie. Besser?«

»Jedenfalls besser als auf Arbeit! Aber Sie klauen ja Bilder. Wahrscheinlich spionieren Sie nur die räumlichen Gegebenheiten aus.«

Er stöhnte auf. »Leicht machen Sie es einem wirklich nicht. Wir begegnen uns auf einer Vernissage. Ich betrachte Sie mit unverhohlener männlich determinierter Neugier. Sie bemerken das und reagieren darauf mit vorgetäuschter Gleichgültigkeit. Ich finde Sie attraktiv, Sie mich interessant. Wir kommen ins Gespräch. Ich bin eloquent, Sie angenehm amüsiert. Bei der

Verabschiedung, wobei wir Nettigkeiten austauschen, beginne ich die sechs Punkte der Liste abzuarbeiten.«

»Ach das war noch gar nicht Punkt eins?«

»Natürlich nicht. Eher das Vorspiel oder, um es unverfänglicher zu sagen, der Prolog«, erklärte er etwas oberlehrerhaft. Im gleichen Tonfall sprach er leise weiter. »Punkt eins: Ich tue alles, um das weibliche Wesen meiner Wahl in eine stimulierende Atmosphäre zu überführen.«

»Gehe ich richtig in der Annahme, Sie wollen mich wiedersehen?«

Er nickte mit dem Kopf, erinnerte sich gleichzeitig daran, dass es dunkel war und sie ihn nicht sehen konnte. »Richtig! Was tue ich also? Es folgt Punkt zwei! Ich biete Ihnen Nahrung an.«

Sie kicherte. »Habe ich doch geahnt. Sie laden mich zum Essen ein.«

»Darf ich annehmen, dass Sie dem zustimmen?«

Langsam atmete sie ein und stotterte die Luft aus ihrem Köper. Sie ließ sich Zeit mit der Antwort. »Gehen wir mal davon aus, ich habe für den Abend nichts Besseres vor.«

»Der dritte Schritt hat mit Vertrauen aufbauen zu tun. Idealerweise führe ich Sie in ein erstklassiges Restaurant, in dem ein Kamin Wärme und somit Geborgenheit ausstrahlt.«

Ein wohlwollender Ton, der ihr über die Lippen kam und ein bisschen an Schnurren erinnerte, füllte die kleine Kammer.

»Verstehe, die stimulierende Atmosphäre. Nahrung plus Wärme gleich Geborgenheit.« Sie seufzte. »Das allein wird nicht ausreichen.«

Er spürte, dass sie leicht mit dem Kopf wackelte. »Deswegen der vierte Punkt der Liste. Plump, aber selbst in unseren nüchternen Zeiten wirkungsvoll. Blumen. Selbstverständlich Rosen. Auf keinen Fall rote Rosen. Eher Geflammte, eine hochstielige Sorte. Passend zum flackernden Feuerschein des Kamins.«

Vor ihrem geistigen Auge schien sie sich die Situation vorzustellen. Mit einer leichten Bewunderung in der Stimme sagte sie:

»Ich stelle fest, Sie männlich determiniertes Wesen verfügen über einige Erfahrung. Das Essen ist mit Sicherheit brillant, die Atmosphäre wohltuend und von kleinen Geschenken kann man erwarten, dass sie wohlwollend wirken. Die Wahl der Rosen ist kreativ. Bisher machen Sie alles richtig. Ich bin gespannt, auf die restlichen beiden Punkte.«

René Clausen lauschte noch einmal aufmerksam. Im Grünen Salon wartete man noch immer auf einen Rückruf *Sicilianos.* Ein paar Böller knallten in der Nähe der Villa. Zum ersten Mal hoffte er, dass der Italiener sich Zeit lassen würde.

»Als evolutionär fortgeschrittener männlicher Vertreter meiner Gattung gedenke ich in der fünften Stufe, harmonische Bewegungen mit Ihnen zu zelebrieren.« Einen Augenblick schwieg er und konkretisierte dann den vorletzten Punkt. »Mit anderen Worten, ich fordere Sie zum Tanzen auf. Etwas Klassisches, Walzer oder so.«

»Ich bin beeindruckt. Sie können tanzen?«

»Bisher hat sich noch keine Frau über eine fehlende Geschmeidigkeit meiner Hüfte beschwert.«

Sie prustete vor Lachen und presste ihre Hand auf den Mund. Genauso schnell hatte sie sich aber wieder Kontrolle. »Und was wäre der abschließende Punkt auf der bewährten Liste?«

Er legte wieder eine kurze Kunstpause ein, wissend, dass die Frau, die dicht an ihn gedrängt stand, neugierig war. Mit Verzögerung ergänzte er: »Um mein Ziel zu erreichen, würde ich bewährte Stimulanzien einsetzen. Champagner zum Beispiel, um den Östrogenspiegel zu erhöhen.«

»Tut mir leid, ich trinke keinen Alkohol!«

Als hätte er die Antwort erwartet, flüsterte er mit sonorer Stimme in ihr Ohr: »Alternativ könnte ich Schokolade einsetzen. Phenethylamin ist ein geringer aber wesentlicher Bestandteil. Es hat die erfolgversprechende Wirkung, das Liebeszentrum im Gehirn einer Frau anzuregen. Eine solide Basis, um einen ersten sinnlichen Kuss zu ermöglichen.«

Sie seufzte bedauernd und erwiderte mit gedämpfter Stimme, als gedachte sie einen Jungen, dessen Fantasie eindeutig aus den Fugen geraten war, zu belehren. »Das ist Ihr Plan? Nicht sehr originell? Von einem Mann Ihres Kalibers hätte ich ein bisschen mehr erwartet.«

Er brauchte einen Augenblick, um ihre Bemerkung zu verdauen. »Sie sind eine verwöhnte Göre!«

»Ich bin eine Frau, die genau weiß, was sie will. Und mit einem Sechs-Punkte-Stino-Standard-Programm bekommen Sie mich nicht in Ihr Bett.«

»Vom Bett habe ich überhaupt nicht gesprochen!«, widersprach er etwas zu laut. Erschrocken legte sie einen Finger auf seinen Mund. »Pst! Ruhe!«

Jetzt hörte auch er die Schritte, die sich ihnen langsam näherten. Eine Person blieb direkt vor der geheimen Tür stehen und betrachtete die Bücherwand. Sein Walkie-Talkie knackte. Die Zentrale rief zurück.

»Was ist los?«, fragte der Hausmeister.

»Ich dachte, ich hätte Stimmen gehört«, antwortete der Mann vom Wachschutz.

»Manchmal spukt's hier«, raunte der Hausmeister mit ernster Stimme. »Besser, wir gehen!«

Erneut meldete sich die Zentrale. Der Angesprochene antwortete mit seinem vollen Namen und dem der Firma. Außerdem ließ er den Anrufer wissen, in welchem Objekt er sich befindet. Aufmerksam lauschte er den Ausführungen. Zuweilen antwortete er mit einem militärischen ›Ja‹. Schließlich bestätigte er: »Nein, fehlen tut nichts. Offensichtlich falscher Alarm.«

Kaum waren der Wachschutz und der Hausmeister verschwunden und das Licht ausgeschaltet, atmeten Clausen und die unbekannte Frau in der kleinen Kammer erleichtert durch.

»Ich werde Sie jetzt küssen.«

»Unterstehen Sie sich! Sie haben weder für eine stimulierende Atmosphäre gesorgt, noch Nahrung organisiert. Ganz zu schweigen von den versprochenen harmonischen Bewegungen. Und unter Drogen stehe ich auch nicht!«

Sie klang wenig überzeugend. Vorsichtig öffnet sie die Wandverkleidung.

»Was wollen Sie dagegen tun? Schreien?«

Sie versuchte, sich an ihm vorbeizuschieben, aber er hielt sie fest.

»Ich warne Sie!«, raunte sie.

René Clausen küsste sie, und auch wenn sie einen Augenblick zögerte, der Widerstand schien vernachlässigbar. Jedenfalls glaubte er das, bis sie kräftig die Zähne zusammenbiss. Schmerzhaftes Stöhnen verriet, dass seine Zungenspitze als Überbringer der Fehleinschätzung erfolgreich fungiert hatte.

Abgesehen von seinem Versuch, den Schmerz auszuhalten, waren nur die Geräusche der Silvesternacht zu hören.

»Sie sind ein ... Biest!«, fluchte er und war sich sicher, dass die Zunge anschwellen würde.

»Ich habe Sie gewarnt«, kicherte sie und glitt gekonnt aus seinen Armen.

Noch immer in seinem männlichen Stolz verletzt nahm er den Schuber, trat aus dem Versteck heraus und beobachtete, wie sie die Wandverkleidung wieder verschloss.

»Wir sollten so schnell wie möglich verschwinden.«

»Geht nicht, ich muss noch in den Serverraum«, ließ sie ihn wissen und ging schnellen Schrittes an ihm vorbei.

»Es gibt ein paar Dokumente, die die Verstrickung deutscher Konzerne mit der italienischen Politik und Kriminellen beweisen. Die Öffentlichkeit erfährt von diesen Machenschaften nichts. Ich finde, es ist Zeit, das zu ändern.«

Erstaunt folgte er ihr und beobachtete, wie sie neben der Treppe eine Lüftungsluke öffnete.

»Sie sind gar keine Diebin. Sind Sie vom Geheimdienst oder eine Informantin von Wikileaks oder Snowdens Schwester?«

»Etwas in der Art, denke ich«, antwortete sie und reichte ihm eine winzige Taschenlampe. Dann stellte sie einen Stuhl an die Wand und schraubte die Gitter der Belüftungsanlage ab.

»Da passen Sie niemals rein.«

Sie schmunzelte. Wenige Augenblicke später schlängelte sich ihr schlanker Körper durch die Windungen des Klimakanals. Deswegen trug sie den hautengen Anzug, um nicht irgendwo hängenzubleiben. Ein paar Geräusche verrieten, dass sie an der Tastatur eines Rechners Befehle eingab. Eine viertel Stunde später schob sie zuerst ihre Füße und dann den Rumpf aus dem Lüftungsschacht. Mit einer Grazie, wie sie nur eine Trapezkünstlerin beherrscht, ließ sie sich von ihm auf den Boden stellen. Zufrieden legte sie ihre Arme um seine Schultern.

»Sobald *Siciliano* oder einer seiner Mitarbeiter den Rechner anstellt, kann ich jede Datei von diesem Server laden.«

Bewundernd betrachtete er das Gesicht der Frau. Schöne Augen hatte sie, wie er jetzt erst bemerkte und niedliche Grübchen. Die Lichter der Leuchtraketen erhellten den Raum. Über dem Brandenburger Tor begann das Feuerwerk.

»Lina!«

»Wie bitte?«

»Mein Name ist Lina. Prost Neujahr!«

»René Clau–«

»Keine vollständigen Namen bitte«, unterbrach sie ihn.

Er schmunzelte. »Dir auch ein gesundes Neues Jahr! Ich wünschte, ich hätte eine Chance, dich näher kennenzulernen.«

Sie schüttelte den Kopf. »Wir sind Kriminelle! Wie soll das gehen?«

Er nickte bedauernd.

Sie zog ihn dicht an sich heran und küsste ihn sanft auf den Mund. Sicherheitshalber presste er die Lippen zusammen.

Sie lachte. »Keine Angst! Ich beiße nicht.«

Das Bild ›Glückliches Paar an der Havel‹ hing am Tag des dreiundachtzigsten Geburtstages an einem besonders vom Licht erhellten Platz an der Wand. Zufrieden und glücklich betrachtete die alte Dame das Bild. René Clausen schob die rechte Ecke etwas hoch. Die Öse war falsch angebracht.

Darum, dass er das Bild persönlich vorbeibringen sollte, hatte ihn Rufus D. gebeten. Angeblich lag er mit einer Erkältung im Bett. Glücklich war René Clausen darüber nicht. Er übergab das Gemälde und wollte sich sofort verabschieden.

»Ich muss jetzt los«, sagte er höfflich.

»Bleiben Sie noch einen Augenblick. Bitte! Meine Enkelin kommt gleich. Ich bin sicher, Sie gefällt Ihnen. Übrigens eine sehr engagierte Aktivistin. Bürgerrechte. Umweltschutz. So etwas in der Art. Ich glaube, Sie sind sich schon einmal begegnet.«

Erstaunt schaute er die alte Dame an, die ihm einen Teller mit Kuchen reichte.

»Ein wenig ist meine Enkelin wie Sie. Hochintelligent, aber wenn es um Herzensangelegenheiten geht, furchtbar unbeholfen.«

Er nahm den Teller und setzte sich auf das Sofa. Erst jetzt bemerkte er, dass ein weiteres Gedeck auf dem Tisch stand.

»Entschuldigen Sie, aber lassen Sie eine alte Dame ein wenig neugierig sein. Haben Sie meine Enkelin geküsst?«

Die alte Dame betrachtete ihn freundlich und mit jener Neugier, die nur Menschen besitzen, die auf ein glückliches Leben schauen können. Ihre Augen strahlten und auch wenn sie geheimnisvoll tat, er konnte in ihrem Gesicht wie in einem aufgeschlagenen Buch lesen.

»Sie haben das alles arrangiert!«, stelle René Clausen ungläubig und respektvoll fest. Die Frau nickte, zog die Schultern leicht hoch und lachte leise. »Rufus hatte die Idee. Ich habe nur das Bild zur Verfügung gestellt.«

»Sie kennen den Ansprechpartner?«

Die alte Dame lachte. »Rufus ist mein Bruder. Und? Haben Sie sie geküsst?«

Er nickte kurz und konnte sich ein Grinsen nicht verkneifen. Zufrieden ballte sie die Faust wie ein Sportler, der einen entscheidenden Punkt erzielt hatte.

»Ich wusste es! Glauben Sie mir, das Bild ist magisch. Liebermann hat den Zauber jenes ersten Kusses mit ein paar Strichen und diesen wunderbaren Farben für immer eingefangen. Wer das Bild sieht, wird davon infiziert.«

Er goss sich eine Tasse Kaffee ein, versenkte zwei Stückchen Zucker darin und rührte langsam, ohne den Rand zu berühren, um. »Sie schulden mir ein paar Antworten.«

»Alfonso *Siciliano* ist ein besonderer Freund von Rufus und mir. Wir kennen uns seit Kindheitstagen. Seine Eltern haben in der italienischen Botschaft in der Tiergartenstraße gearbeitet. Während der Nazizeit haben sie unsere Familie in der geheimen Kammer versteckt, wenn die SS-Schergen im Haus waren. Die Deportation konnten sie leider nicht verhindern. Aber meinen Bruder und mich retteten sie. Obwohl Alfonso und wir uns nach dem Krieg aus den Augen verloren hatten, hat er das Gemälde all die Jahre für uns aufbewahrt.«

René Clausen betrachtete das Bild. Das Pärchen stand am Ufer der Havel. Der Mann hatte den Arm um die Frau gelegt. Sie hielt den Kopf leicht geneigt. Auch wenn ihre Gesichtszüge nicht zu erkennen waren, so wusste er doch, dass sich ihre Lippen berührten.

»Es ist ein wirklich sehr schönes Bild.«

»Verzeihen Sie uns bitte. Rufus und ich fanden, dass meine Enkelin und Sie vorzüglich zueinander passen.«

Ein zartes Klopfen war zu hören. Langsam öffnete sich die Tür. Noch bevor René Clausen erkennen konnte, wer den Raum betrat, legte sich ein Lächeln auf sein Gesicht.

Nur ein Foto

»Viele, von denen man glaubt, sie seien gestorben, sind bloß verheiratet.«
Françoise Sagan

Wenn nichts dazwischen kam, würde der Zug um 04:37 Uhr den Berliner Hauptbahnhof verlassen. Christopher Seifert konnte sich nicht erinnern, wann er das letzte Mal so früh aufgestanden war, gestand sich aber ein, er hätte sowieso nicht mehr schlafen können. Damals, als er noch Student an der Ingenieurschule Eisleben war, hatte er oft den ersten Zug genommen, der ausreichte, ihn die Woche pünktlich beginnen zu lassen. Diesmal jedoch hatte er andere Gründe so früh nach Eisleben zu fahren.

Dass es am Abend ein Treffen ehemaliger Kommilitonen geben würde, hatte ihn veranlasst, die Reise in die Vergangenheit anzutreten. Vorher jedoch wollte er die Zeit für sich nutzen.

Auf dem Bahnsteig in Eisleben gab es niemanden, den er kannte. Auch wenn er aufmerksam jedes Gesicht studierte, keines schien ihm vertraut. Beruhigt lief er zum Parkhotel, jenen Weg entlang, den er früher so oft gegangen war. Anschließend würde er sie besuchen.

Ein paar alte, verwachsene Apfelbäume, an denen unbeachtet einzelne Früchte dem kommenden Winter trotzen wollten, begrenzten den schmalen Weg, der von Unterrißdorf bis zum Hasenwinkel führte. Christopher Seifert kannte diesen Ort aus der Zeit seines Studiums. Noch immer besaß die Lichtung ihre romantische Ausstrahlung.

Während der Studienzeit hatte ›Olle Icke‹, wie ihn einige Kommilitonen gern nannten, in sein Tagebuch geschrieben: Es ist ein Ort, dem Hölderlin in seinen Träumen begegnet sein muss und an dem sich Caspar David Friedrich die Farben der Melancholie abgeschaut haben könnte.

Früher gehörte die Gegend zu einem umfangreichen Weinbaugebiet, an das aber nur noch die Flurnamen wie Weinberg, Weintal, Weinbreite und Keltertal erinnerten.

Das letzte Mal stand er vor fünfundzwanzig Jahren hier. Die Lichtung hatte sich verändert, aber nicht in dem Maße, wie erwartet. Zufrieden und auch ein wenig wehmütig schaute er sich um. Ein bitteres Lächeln legte sich auf sein Gesicht, als er die beiden Feldsteine entdeckte.

Christopher Seifert schluckte reflexartig. Erstaunt überlegte er, ob aus Ergriffenheit oder ob die Aufregung ihn dazu veranlasste. Die Antwort blieb er sich schuldig. Stattdessen lauschte er in sich hinein. Klang da jene Melodie, die ihn vor so langer Zeit zu verzaubern vermochte? Sein Herz schlug unwesentlich kräftiger. Wahrscheinlich lag das am Spaziergang. Er hatte sich beeilt. Vom Parkhotel in Eisleben bis zu der Lichtung im Wald hatte er nicht einmal eine halbe Stunde gebraucht.

Vielleicht hätte er schon früher hierher kommen sollen. Ein paar Jahre zumindest.

Er lauschte und hielt die Luft an, aber es blieb bedrückend ruhig. Ratlos schaute Christopher Seifert auf den Boden und fragte sich, was er erwartet hatte. Eine Wiederauflage einer längst vergangenen Liebe? Erinnerungen, die seine Leere füllten? Er wusste in diesem Moment, dass die Enttäuschung in den Mundwinkeln nistete. Dass er in seinem Alter einer Gefühlsduselei nachgegeben hatte, schien ihm plötzlich unverzeihlich. Besorgt lauschte er in die herbstlichen Wälder. Es war ruhig. Es gab niemanden, der ihn beobachtete. Lediglich ein aufkommender Wind spielte mit den verfärbten Blättern und ließ sie zu Boden tanzen.

Nichts klang in ihm, keine zarte Melodie, nicht einmal ein schüchterner Ton, nur ein bedrückendes Schweigen. Enttäuscht nahm er aus der Reisetasche einen getrockneten Blumenstrauß und legte ihn zwischen die Feldsteine. Fünfundzwanzig Jahre hatten die Rosen warten müssen.

Noch einmal schaute er sich um. Niemand kannte das Geheimnis der Wiese. Niemand wusste, was damals geschehen war. Dennoch, es war besser, nicht gesehen zu werden, denn unter den unscheinbaren Feldsteinen ruhte seine erste Liebe.

Am Abend trafen sich die ehemaligen Kommilitonen im Parkhotel. Das Restaurant gab es schon zu jener Zeit, als sie noch aufgeregt über Planwirtschaft und volkswirtschaftliche Dimensionen diskutiert hatten. Sie hatten es ausgewählt, weil es sie an ihre Studienzeit erinnerte. Erfreut stellten sie fest, dass noch immer Sternburger Pils und Wiener Schnitzel mit Bratkartoffeln serviert wurden.

Als Student konnte er sich Derartiges nur an besonderen Tagen leisten, wenn ein Stipendium zugeteilt oder eine finanzielle Unterstützung der Eltern eingetroffen war.

Nadine arbeitete damals als Kellnerin im Parkhotel. Ein schlankes, fast schon dürres Mädchen, mit freundlichen Gesichtszügen und praktischen, kurzen braunen Haaren. Das Besondere an ihr waren die lächelnden Augen, mit denen sie jeden Mann dazu brachte, großzügig Trinkgeld zu geben.

Ein einziges Lächeln genügte, und er verliebte sich in sie. Dass ihre Freundlichkeit nur Mittel zum Zweck und er nur ein Gast war, blendete sein Verstand sofort aus. Er genoss es, dass sie zuweilen einen Augenblick lang an seinem Tisch stand und ein paar Sätze mit ihm sprach. Auch sie mochte ihn, daran hatte er damals keinen Zweifel gehabt. Manchmal legte sie sogar ihre Hand auf seine Schulter. Nur eine kurze Berührung, dennoch liebte er diesen Schauer, der sich bis zu seinem Nacken ausbreitete und dann den Rücken hinunterlief. In den Träumen sah er, wie ihre verschwitzten Körper nebeneinanderlagen und sich ihr Atem beruhigte. Nadine war die Frau, mit der er in seinen Gedanken Zukunftspläne schmiedete. Sie würde mit ihm nach Berlin ziehen, irgendwo ins Zentrum, dort wo das Leben aufregend und immer neu war.

Um so größer war seine Enttäuschung, als er begreifen musste, dass es an der Seite der hübschen Kellnerin einen anderen gab. Sie hatte nie von einem Partner gesprochen. Wahrscheinlich in der Hoffnung auf ein großzügiges Trinkgeld.

Christopher Seifert hatte den Mann wartend vor dem Eingang des Hotels entdeckt, als er selbst mit einem Rosenstrauß Nadine nach ihrem Dienst überraschen und sie nach Hause begleiten wollte. Sofort war ihm klar, dass es sich bei dem Kerl um einen Konkurrenten handelte. Enttäuscht beobachtete er vom gegenüberliegenden Stadtpark, wie Nadine dem Fremden um den Hals fiel und ihn innig küsste.

Wütend hatte er den Rosenstrauß in die Büsche geworfen, es sich dann aber anders überlegt. Er wartete, bis das Paar verschwunden war, nahm den Blumenstrauß wieder an sich und ging zurück ins Internat. Es hatte nur einen Moment lang gedauert, bis sich in ihm die Überzeugung festgesetzt hatte, dass dieser Mann nicht der Richtige für Nadine war, und es sich lediglich um einen hormonellen Irrtum handeln konnte.

Er beschloss, vorerst das Parkhotel zu meiden. Sie würde merken, dass er nicht unter den Gästen weilte und, was noch wichtiger war, er würde ihr fehlen. Daran hatte Christopher keinen Zweifel.

Aber nichts geschah. Die Beziehung zwischen der schönen Kellnerin und dem Irrtum festigte sich jeden Tag ein bisschen mehr.

In den nächsten Wochen studierte Christopher Seifert lustlos betriebliches Rechnungswesen. Er fuhr kaum noch nach Berlin. Die meiste Zeit konzentrierte er sich darauf, alles über den unliebsamen Konkurrenten zu erfahren.

Der Mann an Nadines Seite hieß Edgar Bresser. Er arbeitete im Mansfeld Kombinat als Ingenieur und überwachte die Qualität der Fertigung. Keine wirklich interessante Aufgabe, aber Edgar gehörte nicht zu den Menschen, die sich beschwerten. Er lebte noch bei den Eltern in einem jener alten Häuser am Rande der Stadt, deren Wände Risse aufwiesen. Die Tage dieser Gebäude waren längst gezählt. Zu gierig hatte der Bergbau Stollen unter die Stadt gefressen.

Wenn es eine Leidenschaft gab, die Edgar Bresser besaß, dann war es die Jagd. Regelmäßig verbrachte er die wenige freie Zeit im Wald. Ob er ein guter Jäger war, ließ sich nicht einschätzen, da er wohl mehr Freude am Betrachten des Wildes hatte, als es zu schießen. Ihm verdankte Christopher auch die Entdeckung jener romantischen Lichtung am Hasenwinkel. Die beiden Liebenden konnten stundenlang händchenhaltend auf dem Hochstand sitzen, um ein paar alberne Tiere zu beobachten.

Nadine besuchte Edgar regelmäßig und verbrachte auch die Nächte bei ihm. Nichts deutete darauf hin, dass diese Beziehung ein vorübergehender Zustand war.

Einmal hatten sie vergessen, das Fenster zu schließen, sodass Christopher hören konnte, wie sie stöhnte. Offensichtlich genoss sie die Zärtlichkeiten. Er stand auf der anderen Seite der Straße in einer dunklen Tordurchfahrt und stellte sich in Gedanken vor, wie der schlanke Körper unter seinen Stößen zucken würde. Er glaubte zu spüren, wie sich ihre Hände in seine Schultern krallten, um ihn an sich zu ziehen. Sie würde ihn festhalten, mit den Beinen umklammern, ihn dicht an sich pressen, als hätte sie Angst, ihn zu verlieren. Verzweifelt flüsterte Christopher ihren Namen: »Nadine!«

Auch wenn er überzeugt war, dass niemand ihn hatte hören können, ging plötzlich das Licht an, und das Fenster unter dem Dach wurde geschlossen. Christopher war sich sicher, dass sie hinter den Vorhängen stand und versuchte, in die Dunkelheit zu schauen.

In diesem Moment fühlte er sich abgewiesen und zurückgestoßen. Mit einer Deutlichkeit, die nur von seiner Verbitterung übertroffen wurde, verfestigte sich ein Gedanke: ›Nadin liebt mich nicht!‹ Ein letztes Mal schaute er zu dem Fenster. ›Wenn sie mir nicht gehört ... dann soll sie niemandem gehören‹, schwor er sich im Stillen.

Der Rosenstrauß vertrocknete auf dem Kleiderschrank, in seinem kleinen Zimmer im Internat. Keiner der Kommilitonen nahm Notiz davon. Den meisten galt ›Olle Icke‹ sowieso als etwas verschlossen und sonderbar. Später verpackte er den Trockenstrauß in Seidenpapier.

Es war Herbst, als das Klingen in seinem Inneren unerträglich wurde. Alles in ihm sehnte sich nach der hübschen Kellnerin. Er litt fast körperliche Schmerzen, wenn er versuchte, sich die seltenen Berührungen vorzustellen, die er als Gast im Parkhotel von ihr erfahren hatte. Auch wenn er wusste, dass sie ihm niemals wirklich gehören würde, dennoch war es jetzt an der Zeit, jene Versprechungen einzufordern, die ihr Lächeln und ihre Hände gegeben hatten.

Christopher Seifert wartete auf eine Nacht, in der Nadine nicht nach ihrem Dienst abgeholt wurde. Edgar hatte Schichtdienst. Vorsichtig nahm Christopher eine kleine Reisetasche aus seinem Kleiderschrank, die schon seit Wochen gepackt war. Wieder und wieder hatte er den Inhalt geprüft. Dennoch legte er alles noch einmal auf sein Bett. Klebeband, fingerdicke Seile, eine Decke, ein Messer und einen Klappspaten.

Er wartete gut geschützt in der Dunkelheit des Stadtparkes.

›Du wirst mir gehören‹, sagte er sich in Gedanken. ›Einmal wirst du mir gehören.‹

Seine Augen verformten sich zu Schlitzen bei der Vorstellung, wie die hübsche Kellnerin versuchen würde, sich mit ihrem Trinkgeldlächeln freizukaufen.

Wann ihm die Idee gekommen war, Nadine auf der Lichtung zu begraben, die Edgar so liebte, daran konnte sich Christopher nicht genau erinnern. Aber einen besseren Ort als jenen, an dem im Winter Eisäpfel an den Bäumen hängen, hätte auch Hölderlin nicht finden können.

Das Treffen im Parkhotel mit den ehemaligen Kommilitonen hatte etwas Bedrückendes. Einige Anwesende vermochte er nicht einmal wiederzuerkennen. Andere taten so, als wären sie noch immer eine verschworene Gemeinschaft Gleichgesinnter. Andere priesen ihre Person und ihre berufliche Karriere, als gelte es, sich um ein Stipendium zu bewerben. Er hörte den Gesprächen kaum zu. Wenige erinnerten sich an ›Olle Icke‹ aus Berlin.

Seine Gedanken wanderten in die Vergangenheit. Christopher versuchte, sich an das Lächeln von Nadine zu erinnern. Aber es gelang ihm nicht mehr.

Als der Wirt nach seinem Namen fragte und ihm einen Briefumschlag übergab, ahnte er, dass die Zeit ihn eingeholt hatte.

Unruhig entschuldigte er sich bei den Kommilitonen, es ginge ihm nicht gut. Plötzlich hatte er es eilig. In seinem Kopf drehte sich alles. Nur weg hier. Was für eine lächerliche Idee nach so langer Zeit zurückzukehren. Er hätte in Berlin bleiben sollen.

Als Christopher vor dem Eingang stand, an jener Stelle, an der Edgar vor fünfundzwanzig Jahren Nadine geküsst hatte, öffnete er den Brief. Er enthielt ein unscheinbares Foto, aufgenommen mit einer Fotofalle, wie sie Tierfreunde verwenden, um scheues Wild zu beobachten. Es zeigte ihn, wie er sich gerade bückte, um den vertrockneten Rosenstrauß zwischen zwei Feldsteine zu legen.

Es dauerte einen winzigen Augenblick bis Christopher Seifert begriff. Erschrocken schaute er in die Dunkelheit des Parkes, wissend, dass ihn Edgar Bresser im Visier hatte.

Kritik kann töten

»Wer sein Ehebild lediglich aus den Fernsehsendungen und den Werbespots bezieht, der wird schon kurz nach der Hochzeit bitterlich enttäuscht sein.«

ANGELA MERKEL

Sobald ein neues Buch von mir im Handel erscheint, meldet sich sofort *Ranickis_Erbe*, ein unter Pseudonym agierender selbsternannter Kritiker, zu Wort. Regelmäßig schreibt er die erste Buchbesprechung. Immer verwendete er die Wortgruppen: unnützes Machwerk, sprachlich armselig, diametral jeder Logik. Er umschreibt die Charaktere mit den Worten: konstruiert, blass, nichtssagend. Auf allen wichtigen Literaturportalen bewertet er mein Buch mit dem schlechtesten Wert, der vergeben werden kann. Zwar war ich dennoch erfolgreich, aber es ärgerte mich.

Nachdem ich zum ersten Mal eine Rezension von *Ranickis_Erbe* gelesen hatte, lag ich drei Tage krank im Bett. Selbstzweifel, Diskussionen mit dem imaginären Feind über Stunden, bis hin zu ausgefeilten Gewaltfantasien quälten mich. Kaum war ich wieder in der Lage, einen klaren Gedanken zu fassen, schwor ich, die Person ausfindig zu machen. Ich würde sie zwingen, mir Rede und Antwort zu stehen.

Voller Elan begann ich zu recherchieren. *Ranickis_Erbe* hatte es offensichtlich nur auf mich abgesehen, denn es gab keine anderen Autoren, denen er Aufmerksamkeit zukommen ließ. Der Name ist eine Anmaßung, sich als den Erben des einflussreichsten deutschsprachigen Literaturkritikers Marcel Reich-Ranicki zu betiteln. Wie erwartet war das nicht sein richtiger Name. Anonymität ist ein hohes Gut im Internet und kein Webseiten-Betreiber war bereit, mir den Klarnamen mitzuteilen. Rechtlich ist dem nicht beizukommen.

Meine Bemühungen, diesen Nörgelfritzen, egal ob er weiblicher oder männlicher Beschaffenheit war, zu demaskieren, gelangen nicht. Seitdem sind diverse Bücher von mir erschienen und die jeweils erste kritische Einschätzung trägt regelmäßig das Kürzel *Ranickis_Erbe*. Auf Rat mir wohlgesonnener Kollegen übe ich mich im Lotuseffekt, lasse also den verbalen Schmutz an mir abperlen. Das funktionierte bis zum Erscheinen meines letzten Buches. Der übliche Verriss stand wie immer an erster Stelle und wirkte sich natürlich negativ auf die Verkaufszahlen aus.

Es war der Wirt meiner Stammkneipe, der mich auf die Idee brachte, dass ein neidischer Kollege die Werke deswegen schlechtrede, um sich selbst einen Vorteil zu verschaffen. Ein übliches Verfahren, das Gastronomen und Hotelbesitzer im Kampf um die Gunst der Kunden seit Jahren praktizieren. Sich gegenseitig schlechte Bewertungen zu schreiben, gehört ärgerlicherweise längst zum Alltag.

Von diesem Tag an habe ich meine Schriftstellerkollegen genau unter die Lupe genommen, ihren Sprachstil analysiert, mich in ihre Lesungen geschlichen und bin dank meiner Ausdauer im letzten Monat fündig geworden. Ein befreundeter Autor, zumindest war ich bis dahin dieser Meinung, ein eher ruhiger Vertreter am monatlich stattfindenden Autorenstammtisch, las aus seinem aktuellen Buch. Eine simple Geschichte von der Beziehung eines Künstlerehepaares, das in die Jahre gekommen war. Die Protagonisten des Buches waren nach meinem Empfinden konstruiert, blass und agierten nichtssagend. Ein Satz aus der Mitte des Buches ließ mich endgültig aufhören.

›Seine Meinung verhielt sich ***diametral*** *zu der ihrigen. Alle ihre Bemühungen, Farben auf die Leinwand zu bringen, verstärkten nur noch das* ***uninspirierte Machwerk****. Was für ein* ***armseliges Unterfangen****.‹*

Ich war mir sicher, den Kritiker *Ranickis_Erbe* enttarnt zu haben. Getreu dem Motto ›Der Morgen ist schlauer als der Abend‹ ging ich nach Hause und ließ mir alle Details durch den Kopf gehen. Den Kollegen kannte ich seit vielen Jahren und er alle meine Bücher. Aus den regelmäßigen Stammtischrunden wusste er persönliche Dinge von mir. Stets hatte er mit mitleidigem Blick den Berichten über den unfairen Umgang mit mir und meinen Romanen gelauscht. Auch gehörte nicht viel dazu, den jeweiligen Erscheinungstermin meines neuen Werkes in Erfahrung zu bringen. Schließlich überzeugte mich die sprachliche Überschneidung seiner vorgetragenen Romanpassage mit jenen Entgleisungen, die meine Bücher verriss.

Es ist immer gut, wenn man den Kollegen der schreibenden Zunft genau zuhört. Selbstverständlich sind wir auch Konkurrenten. Auch ist es von Vorteil, wenn man die Bestellung kulinarischer Gerichte aufmerksam verfolgt. Dass der Kerl bei der Wahl von Hähnchen-Saté-Spießen auf die Erdnuss-Soße verzichtete, war mir, ein bekennender Gourmet, sofort aufgefallen. Damals bedauerte ich nur die Einschränkungen, unter der Allergiker zuweilen litten. Erst später begriff ich, dass dieses Wissen die ärgerlichen Kommentare über meine Bücher beenden würde.

Die Unverträglichkeit gegen Erdnüsse führte wenige Wochen später bei dem selbsternannten Kritiker *Ranickis_Erbe* zum erwarteten anaphylaktischen Schock.

Es war ein schönes Begräbnis. Alle Kollegen waren anwesend. Betroffen bedauerten sie den Verlust des Feingeistes. Auch ich legte einen Kranz aufs Grab und richtete, bevor ich mich verneigte, sorgsam die Trauerschleife. Du bleibst unvergessen!

Letzte Woche ist mein neuer Roman erschienen. So richtig glücklich bin ich aber nicht. Eher etwas ratlos. Heute Abend ist der obligatorische Autorenstammtisch. Ich werde mir meine Kollegen noch einmal genau anschauen. Dummerweise hat sich nämlich *Ranickis_Erbe* wieder zu Wort gemeldet.

Das entscheidende Spiel

»Die Scheidung ist die Korrektur eines tragischen Irrtums.«
LORIOT

»Reicht es nicht, wenn du am Wochenende Fußball schaust? Heute ist Mittwoch! Ist ja nicht auszuhalten dieses – *Ohhh! Uhh! Ahh! Boaa! Neeeiiiiinn! Uumm!* Man könnte ja glauben, du hast Schmerzen. Und diese ewigen Beschimpfungen gegen den Schiedsrichter. Das ist einfach nur peinlich. Du bist Professor für Biophysik an der TU Berlin. Eine international geachtete Kapazität.« Jana Stemmler war sauer, sortierte die Kissen auf dem Sofa ihrer hochherrschaftlichen Charlottenburger Wohnung aus der Gründerzeit, verpasste ihnen mit einem Handkantenschlag Form und platzierte sie so, dass sie als Bollwerk wider die Gemütlichkeit dienten. Dann trug sie ihre Einkäufe in die Küche, die nach amerikanischem Vorbild direkt mit dem Wohnzimmer verbunden war.

»Schatz! Heute ist Champions League Halbfinale. ManU gegen Benfica. Der Sieger spielt gegen die Bayern. Das muss ich einfach sehen.«

Professor Stemmler blätterte aufgeregt in der Fernsehzeitung, auf der Suche nach einem Sender, der Vorberichte zeigte.

»Manju? Was soll das denn sein? Manuelas Sportvereinigung? Und *Benefica*, wie das schon klingt.«

Professor Stemmler verdrehte die Augen. Dass seine Frau keine Ahnung von Fußball hatte, war ja noch zu ertragen, dass sie ständig alles kommentieren musste, aber nicht.

»ManU ist die Kurzform von Manchester United! Eine englische Fußballmannschaft. Und Benfica steht nicht für etwas Derb-Erotisches, sondern ist eine Mannschaft aus Portugal. Benfica Lissabon. Mein Gott, ich frage dich doch auch nicht ständig, was du für seltsame Kräuter auf dem Wochenmarkt am Maybachufer kaufst und uns ins Essen mischst.«

»Seltsame Kräuter?«, echauffierte sich seine Frau und warf eine Packung kanadische Eismeerkrabben derart schwungvoll auf die Marmorarbeitsplatte, dass sie erst am anderen Ende zum Stillstand kam. Fast schien es so, als unternähmen die Viecher einen letzten Fluchtversuch.

Erschrocken über die heftige Reaktion seiner Frau, korrigierte Stemmler schnell seine ungeschickte Bemerkung. »Ich wollte damit nur sagen, dass ich dein Essen wertschätze und es genieße, ohne wissen zu müssen, zu welchem Zeitpunkt du etwas klein schneidest, würzt oder in der Pfanne umdrehst.«

Dennoch blieb bei ihr eine Zeitlang der Ton weg, wie der Professor gerne ihr Schweigen umschrieb. Offensichtlich eine Form der Bestrafung. Quasi eine verbale, vergleichbar mit einer Gelben Karte. Ohne ihn zu beachten, sortierte sie die anderen Einkäufe in ihre großzügig bemessene Speisekammer ein.

Es war ihre Idee gewesen, den Raum zu einem Lebensmittellager umzufunktionieren. Der Kampf, ob die zwei mal vier Meter als Archiv für wissenschaftliche Unterlagen oder als Küchenkammer genutzt werden sollten, entschied sich, als Handwerker die Wände und die Tür isolierten, um eine möglichst gleichmäßige Temperatur zu gewährleisten.

Ihm blieb nichts anderes übrig, als sein sowieso schon begrenztes Arbeitszimmer mit Regalen zuzustellen und die diversen Dokumentationen und Publikationen dort einzulagern. Sein Versuch, wenigstens ein paar Aktenordner in ein freies Regalfach des Lebensmittellagers unterzubringen, führte dazu, dass seine Frau die Speisekammer abschloss. Wie bei einem Fußballspiel war auch hier jeglicher Protest sinnlos.

Jana hatte seinen Alltag weitgehend nach ihrem Gutdünken organisiert. Wenn er es nicht so angenehm empfunden hätte, jeden Morgen die Kleidung zurechtgelegt zu bekommen, jeden Abend mit köstlichen Mahlzeiten verwöhnt zu werden und sich niemals um finanzielle und verwaltungstechnische Dinge kümmern zu müssen, wäre ihm seine Abhängigkeit viel früher unangenehm aufgefallen. Aber nach zwanzig Jahren Ehe war es zu spät. Der Einfachheit halber hatte er sich damit abgefunden. Einzig die Fußballübertragungen im Fernsehen waren die letzte Bastion vor einer vollständigen Aufgabe seiner Selbst.

»Wenn du nicht einsichtig bist, dann werde ich heute Abend meine Freundinnen einladen und für sie kochen. Wollen doch mal sehen, wer den längeren Atem hat«, drohte seine Frau ihm unverhohlen. Sie liebte es, ihre Freundinnen einzuladen und sie mit ihren Kochkünsten zu verwöhnen. Dass Schnattern über Nichtigkeiten und Herumwundern über Gestaltungsvarianten, von Wildreis oder Kartoffelpüree sowie künstlerisch geschnitzter Gemüsevariationen mit schwungvoll gestalteten Soßenornamenten brachte ihn jedes Mal an den Rand des Zusammenbruchs. Ihm blieb dann nichts anderes übrig, als die Flucht in sein Arbeitszimmer anzutreten und seiner Pflicht als Doktorvater nachzukommen. Zwar gab es dort auch einen Fernsehapparat, aber dieser hatte in der letzten Woche den Geist aufgegeben.

Die Drohung, ihre Freundinnen zusammenzutelefonieren, veranlasste den Professor seine Frau anzuflehen. »Schatz! Ich bitte dich inständig, nicht heute Abend! Ich verzichte auch auf die Bundesliga am Wochenende. Von mir aus auch zweimal hintereinander.«

Seine Frau nahm keine Notiz von ihm, dafür aber ein Netz mit Kartoffeln einer ihm völlig unbekannten Sorte, die sie zu den anderen, ihm auch völlig unbekannten Erdäpfeln in die Speisekammer brachte. Mit gebührendem Abstand folgte er und blieb artig an der Tür stehen, einem Hund nicht unähnlich, der reflexartig wusste, dass hier sein Revier zu Ende war.

Jana betrachtete ihn mitleidig. Tief durchatmend, um die Großzügigkeit ihres Angebotes zu unterstreichen, sagte sie: »Gut, wir machen das folgerdermaßen. Wir schauen uns gemeinsam eine Halbzeit an. Fünfundvierzig Minuten! Danach schalten wir den

Fernseher aus und unterhalten uns ein bisschen.«

Professor Stemmler schaute seine Frau fassungslos an. Abwechselnd versuchte er aus ihrem Gesicht zu lesen, wie ernst es ihr mit diesem Vorschlag war, und schätzte die Größe des Raumes ab. Sein Hirn arbeitete auf Hochtouren. Mit dem Mut purer Verzweiflung schlug er schließlich schwungvoll die Tür zu, drehte zweimal den Schlüssel herum und vernahm nur noch ihr dumpfes Klopfen. Er würde den Fernseher etwas lauter als üblich einstellen, damit es nicht weiter störte.

Es wurde das ersehnte sensationelle Aufeinandertreffen europäischer Spitzenmannschaften. Beide Vereine spielten auf Sieg und setzten auf die Offensive. Die Stimmung im Stadion war grandios. Der Kommentator überschlug sich vor Lob über etliche geniale Spielzüge, die meisterliche Ballführung beider Stürmer und die geradezu gigantischen Leistungen der Torwarte. Jedes Team hätte in der regulären Spielzeit gewinnen können, aber es kam, wie es kommen musste. Es gab Verlängerung. Und als auch in dieser Zeit sich keine der Mannschaften durchzusetzen vermochte, gab es das obligatorische Elfmeterschießen.

Normalerweise reichten fünf Spieler, aber beide Torwarte waren in Höchstform und sorgten dafür, dass selbst nach einem 9 : 9 alles noch offen war. Schließlich hatte ManU das nötige Glück: Benfica setzte den alles entscheidenden Schuss gegen den Pfosten.

Die Menschen im Stadion tobten. Der Kommentator war heiser und erklärte pathetisch, dass er noch seinen Enkeln von diesem Spiel erzählen werde. Stemmler sprang begeistert auf, klatschte in die Hände und verspürte in jenem Moment Appetit auf etwas Herzhaftes.

Nachdenklich drehte er sich um und schaute verunsichert zur verschlossenen Tür. Kein Laut war zu hören. Und schlagartig wurde ihm klar, dass die Speisekammer nur für zweimal fünfundvierzig Minuten plus Halbzeitpause Sauerstoff bot.

Alles fließt

»Ein Ehemann ist Rohstoff, kein Fertigprodukt!«
GRETHE WEISER

Alles war perfekt auf den Zeitpunkt abgestimmt, als hätte ein Kurzzeitwecker den optimalen Zustand eines gekochten Bioeies durch lautstarkes Klingeln verkündet. Das glückliche Ei war sozusagen vollendet weich gekocht und konnte nun seinem Schicksal zugeführt werden.

Das Ei, genauer gesagt, Dittmar Klose-Ledwig, der Prototyp eines Weicheis und Abteilungsleiter der Marketingabteilung eines renommierten Planungsbüros, fuhr mit einem Lächeln aus dem siebzehnten Stock direkt in die Tiefgarage. Während er die aufblinkenden Nummern der angezeigten Etagen beobachtete, hoffte er, von keinem der Mitarbeiter aufgehalten zu werden. Penibel prüfte er im Spiegel den Sitz seines Businessanzuges, zog den Knoten der Krawatte etwas enger und den Bauch ein. Zufrieden mit dem, was er sah, fasste er sich genüsslich in den Schritt, um sich seiner Männlichkeit zu versichern. Er genoss die erotische Anspannung, die ihn den ganzen Vormittag hatte unkonzentriert sein lassen. Zum Glück war dieser Zustand keinem der Kollegen aufgefallen. In wenigen Minuten würde er sich mit der schwedischen Stewardess Tilde Nordensköld treffen. Es versprach die sinnlichste Mittagsstunde seines Lebens zu werden, sollte auch nur ein Teil dessen, was sie angedeutet hatte, der Wahrheit entsprechen. Erwartungsfroh zählte er lautstark die angezeigten Ziffern, als begänne im nächsten Augenblick das neue Jahr, bevor ein liebliches *Pling* das Parkdeck ankündigte.

Es war das letzte freundliche Geräusch, das Dittmar Klose-Ledwig vernahm. Darüber, ob er überhaupt das Auftreffen des mit Bandagen umwickelten Baseballschlägers auf seinem Kopf spürte, geschweige gar hörte, lässt sich nur mutmaßen. Der sinnesfreudige Abteilungsleiter brach tot zusammen, ohne seinen Mörder – seinen Mitarbeiter Harald Meyer – noch eines Blickes zu würdigen.

Die Erkenntnis, dass es sich bei der aparten Tilde Nordensköld um den wenig attraktiven Projektkoordinator Meyer handelte, blieb ihm dadurch erspart. Auch dass seine Chatbekanntschaft nicht aus Schweden, sondern aus Berlin Mitte stammte und das Haar weder voll noch blond, stattdessen übersichtlich und angegraut war, spielte keine Rolle mehr.

»Das war's, min hjälte«, hauchte Harald Meyer und wickelte sorgsam den nun ehemaligen Chef in die bereitgelegte Folie. Anschließend verstaute er den leblosen Körper im Kofferraum. ›Min hjälte‹ – zu Deutsch ›Mein Held‹ – hatte er den Chef im Chat immer liebvoll genannt und die nächtlichen Konversationen mit den Worten beendet: ›Din Sötnäsa‹ – ›Deine Süßnase‹. Dabei konnte er gar kein Schwedisch, aber das Internet lieferte ihm die nötigen Vokabeln, um jeden Zweifel an seiner nordischen Identität auszuschließen.

Der Projektkoordinator Harald Meyer schaute auf die Uhr. Seit er den Schreibtisch verlassen hatte, waren kaum fünf Minuten vergangen. Obwohl er mehrere Aspirin genommen hatte, brummte sein Kopf. Seit Tagen plagte ihn dieser Schmerz und die Tabletten schienen wirkungslos. Der Schmerz pochte gegen die Schläfen. Dennoch war er zufrieden. Alles hatte geklappt, wie der Plan es vorgesehen hatte. Die wenigen Stunden bis zum Feierabend musste er unauffällig im Büro verbringen. Anschließend stand der Besuch bei seinem Arzt im Kalender. Seine Leberwerte waren unbefriedigend. Aus welchem Grund auch immer, er hatte zu viel Eisen im Blut. Es galt, den monatlichen Aderlass hinter sich zu bringen.

Wichtig war, dass er nichts tat, was einen Verdacht auf ihn lenken konnte. Eine Methode der Polizei bestand darin, die Personen aus dem Umfeld des Opfers hinsichtlich Abweichungen in ihrem Tagesablauf zu überprüfen. Derartige Fehler hatte Meyer im Vorfeld bedacht. Er verstand, dass er penibel auf alle Details achten musste, um ein perfektes Verbrechen zu begehen. Streng hielt er die Checkliste ein. Qualitätsmanagement war sein Spezialgebiet und Geduld die Garantie, dass der Mord ungesühnt bleiben sollte. Es genügte, die Leiche am Wochenende an jenem Ort zu vergraben, an dem am Montag der Beton für das Fundament des künftigen Kaufcenters gegossen wurde und die kommenden achtundvierzig Stunden aushärten musste.

Harald Meyer hatte bis zum Feierabend noch zwei weitere Aspirin eingeworfen, in der Hoffnung den pochenden Rhythmus zu betäuben. Die Schmerzen waren offensichtlich eine psychosomatische Nebenwirkung, die ihn spüren ließ, wie sehr die Anspannung der vergangenen Stunden ihn erschöpft hatte.

Nun ruhte er auf einem medizinisch optimalen Stuhl, hielt eine durchsichtige Plastikflasche in der Hand, in die gleich ein halber Liter Blut fließen musste. Im Nebenzimmer hörte er ein paar Anweisungen des Arztes und die bestätigenden Worte von Schwester Rabiata. Den Namen hatte sie sich selbst gegeben, um das Gestocher in der Ellenbogenbeuge zu entschuldigen, mit dem sie ihn regelmäßig quälte. Die Rollvenen in seinem Arm erwiesen sich ein aufs andere Mal als widerspenstig. Heute würde er sich nichts anmerken lassen und gute Miene zum stechenden Spiel machen. In der Praxis für Blut- und Tumorerkrankungen schienen alle guter Laune zu sein. Kein Wunder, er war der letzte Patient, bevor für vierzehn Tage geschlossen wurde und für alle der Urlaub begann. Der Doktor verabschiedete sich, angeblich, um noch einen Hausbesuch zu erledigen. Dann war es ruhig.

Harald Meyer hoffte, dass Schwester Rabiata, die eigentlich Cora hieß, heute seine Ader gleich finden würde. Beim Aderlass vor vier Wochen hatte sie lustlos in ihm herumgestochert, als suchte sie in einem Billiggericht nach etwas Genießbarem. Diesmal stach sie mit einer einzigen schwungvollen Bewegung ins Ziel und rief begeistert aus: »Ole! Hasta luego, Señor Meyer!«

Sehr erfreut über die eigene Treffsicherheit lächelte sie ihn an, einem Matador nicht unähnlich, der gerade einen Stier ins Leere laufen ließ. Routiniert drehte sie den Blutfluss auf ein schonendes Maß.

»Sie haben aber gute Laune«, glaubte Meyer sagen zu müssen, bereute es jedoch sofort. Schwester Cora war nicht gerade bekannt dafür, dass sie gern mit ihren Patienten redete. Meist war sie distanziert, wortkarg und konzentrierte sich auf das, was es zu tun gab.

»Ich habe auch allen Grund«, erwiderte sie dankbar, zog einen Stuhl heran, setzte sich neben ihn und prüfte nochmals den Sitz der Kanüle. Freudestrahlend entschlüpfte ihren Lippen ein Seufzer. »Wussten Sie, dass Schokolade Glückshormone beinhalten?«, fragte sie und ergänzte, ohne eine Antwort abzuwarten: »Endorphin lässt die Stimmung steigen. Serotonin beflügelt die Laune. Und ein bisschen Zucker ist der Treibstoff für die kleinen Euphorien.«

Etwas albern kicherte sie über ihre Bemerkung und verriet ungefragt: »Wir lieben Chilischokolade! Zu einem trockenen Rotwein serviert, die vollkommene sinnliche Offenbarung. Schon mal probiert?«

Harald Meyer schüttelte den Kopf. Obwohl er sich für kaltblütig hielt, spürte er doch die Erschöpfung. Kein Wunder, man bringt ja nicht jeden Tag seinen Chef um. Gern hätte er die Augen geschlossen. Schlafen wäre nach einer derartigen Tat wirklich ein Segen. Dennoch ließ er es nicht zu, denn er musste unbedingt jegliche Abweichung vom Verlauf sonstiger Aderlässe vermeiden. Sollten Kriminalbeamte Schwester Rabiata fragen, ob ihr an ihrem letzten Patienten etwas Besonderes aufgefallen sei, durfte es nur eine Antwort geben: »Nein, Herr Meyer war wie immer.«

Abgesehen davon befürchtete er, dass sich der Augenblick, als er den Kopf seines Chefs oberhalb der rechten Schläfe hart traf, wie eine Endlosfilmschleife wiederholen würde. Jenes dumpfe Krachen, das der präparierte Baseballschläger beim Auftreffen verursacht hatte und das an das Aufplatzen einer Melone erinnerte, machte ihm doch zu schaffen. Nein, Schlaf war keine gute Idee.

Nachdenklich schaute er auf die Flasche, in die sein Blut floss. Einmal im Monat wurde ihm ein halber Liter entnommen und anschließend entsorgt. Spenden war ausgeschlossen angesichts der schlechten Werte, die das Labor festgestellt hatte. Vielleicht war die Erkenntnis, dass die eigene Vergänglichkeit sich an keinen Termin hielt, Grund für die Entscheidung gewesen, Hindernisse auf dem Weg der eigenen beruflichen Karriere zu beseitigen. Für einen gerade freigewordenen Posten in der Firma hatte jedoch sein Chef die besseren Aussichten.

Plötzlich fiel Harald Meyer etwas auf. Schwester Cora hatte ein Wort übermäßig betont.

Sie hatte ›wir‹ gesagt. ›Wir lieben Chilischokolade.‹

Amüsiert betrachtete er sie. Es war offensichtlich. Die Frau war verliebt.

»Chilischokolade statt Blumen? Ist das heute üblich?«, fragte er väterlich. Cora hätte seine Tochter sein können.

Sie kicherte. »Blumen sind megalangweilig. Sie glauben gar nicht, was man mit Schokolade alles machen kann.«

Genüsslich schloss sie die Augen, atmete tief ein, so dass sich ihre Brüste beeindruckend hoben, und begleitete ihr Ausatmen mit einem Ton, der einem Schnurren ziemlich ähnlich war.

Meyer musste über das Mädchen schmunzeln. Dafür, dass gerade sein Blut langsam eine Flasche füllte, erschien ihm die Situation ausgesprochen sinnlich.

»Schwester, Sie lassen mich doch jetzt nicht dumm sterben?«, bat er.

»Er handelt mit Kakaobohnen. Den edelsten der Welt. Er ist eine internationale Kapazität. Sein Geschmack ist begehrt. Er arbeitet weltweit ausschließlich für renommierte Unternehmen. Es gibt nichts, was er nicht über Schokolade weiß. Und was er damit alles machen kann …«

Ihre Lippen hauchten ein Wort und sämtliche Härchen auf Meyers Arm richteten sich auf.

»Schokoladenmassage! Ölig-flüssige und warme Kakaobutter wird auf die Haut gegossen. Allein der Geruch ist traumhaft und unglaublich angenehm.«

Im Nebenzimmer begann ein Handy zu klingeln. Schwester Cora sprang auf, ohne ihn auch nur noch eines Blickes zu würdigen und verschwand. An ihrer Stimme konnte er hören, dass es jener Typ sein musste, dem es gelungen war, mit Schokolade den sonst so unnahbaren Weißkittel zu verzaubern. Sie lachte, alberte herum und verbesserte das eine oder andere Wort. Offensichtlich war der Mann Ausländer.

Harald Meyer versuchte sich den Schokofritzen vorzustellen, was ihm aber nicht gelang. Er ertappte sich dabei, wie er in Gedanken mit einem Pinsel Schokoladensoße über den Körper von Schwester Cora strich. Ein Lächeln entspannte sein Gesicht und zufrieden schloss er die Augen, um sich den Gedanken genauestens auszumalen. Nur entfernt hörte er ihre ungläubige Bemerkung: »Was, du stehst vor dem Eingang?«

Ein Jauchzen war zu hören. Dann schloss sich leise die Tür zum Behandlungszimmer. Endlich war es ruhig und Meyer mit seinen Gedanken allein. Aber statt weiterhin schokobraune Linien auf einer samtig hellen Haut zu pinseln, sah er die blutige, klaffende Wunde seines Chefs.

Klose-Ledwig war zum gleichen Zeitpunkt wie Meyer bei der Firma eingestellt worden. Anfänglich hatten beide noch in der Marketingabteilung ähnliche Projekte betreut. Allerdings hatte Dittmar Klose, wie er damals noch hieß, schnell Karriere gemacht und das lag nicht daran, dass er besonders kompetent war. Aus einem unverständlichen Grund hatte eine einsame Gesellschafterin an den weichen und kindlichen Gesichtszügen einen Narren gefressen. Unter den Kollegen hieß es, dass Klose auf den vielen Dienstreisen sich in pikanten Schäferstündchen nach oben gearbeitet habe. Trotz des hohen Altersunterschiedes heiratete er wenige Monate später die Dame. Seitdem hieß er Klose-Ledwig. Im nächsten Monat wurde ein Direktorenposten frei, und es gab keinen Zweifel, wem der Platz zugeschoben werden würde.

Als der vermeintlich künftige Direktor begann, sich nach anderen Frauen umzuschauen und Kolleginnen, die ihm sympathisch waren, zu fördern, kam Harald Meyer die Idee, dem Ganzen ein Ende zu bereiten. Der Zufall wollte es, dass er auf dem Bildschirm seines Chefs ein Datingportal entdeckte, das eindeutige Kontakte vermittelte. Alles andere war leicht.

Der Fantasiename der blonden wohlproportionierten schwedischen Stewardess Tilde Nordensköld hatte genügt, um Dittmar neugierig zu machen. Bilder einer attraktiven fremden Frau, die er aus dem Internet kopiert hatte, lächerlich romantische Mails mit Herzchen und ein paar knisternde Chats hatten ihn langsam weich gekocht. Der Kerl glaubte tatsächlich an ein erotisches Abenteuer. Der Mann war sozusagen gar und das Restliche ein Kinderspiel.

Tildes, also Haralds Vorschlag, bei ihrem nächsten Aufenthalt in der Stadt sich in einem kuschligen Hotelzimmer zu treffen, hatte der Marketingabteilungsleiter mit überschwänglicher Freude begrüßt. Kurz darauf buchte er in einem hochklassigen Hotel ein Zimmer und zählte die Tage bis zu ihrer Ankunft.

Der Mord, den Harald Meyer geplant hatte, war ein perfekt durchdachtes Projekt. Alle Eventualitäten waren ausgeschlossen. Wenn es ein Restrisiko gab, konnte es vernachlässigt werden. Auch jetzt, während des Aderlasses, als er in Ruhe die Umsetzung des Mordes prüfte, konnte er keinen Fehler entdecken. Zufrieden und stolz alles bedacht zu haben, schaute er auf die mit seinem Blut halbgefüllte Flasche. Es dauerte länger als sonst. Der Durchfluss durch den schmalen Schlauch war zu gering. Ein Moment überlegte er, ob er nicht den kleinen Hahn eine Winzigkeit aufdrehen könnte, verwarf den Gedanken aber wieder. Die Gefahr, dass sein Blutdruck zu schnell fiel, war zu groß. Außerdem hatte er Zeit und es tat gut, sich auszuruhen.

Im Nebenzimmer war es noch immer ruhig. ›Vielleicht lässt sich Schwester Rabiata gerade exklusive Schokolade auf der Zunge zergehen‹, dachte er und schmunzelte. Langsam schloss er die Augen und flüsterte: »Schokoladenmassage.«

Noch einmal versuchte er den Gedanken, an eine mit Kakaomasse bestrichene Haut heraufzubeschwören. Warme ölige Kakaobutter floss von festen, prallen Brüsten.

Harald Meyer seufzte. Er glaubte sogar einen Moment lang, den würzigen Duft des Kakaos zu riechen. Lächelnd stellte er sich vor, wie zärtliche Hände flüssige Chilischokolade über seinen Körper verteilten. Tief in sich hörte er ein fernes beruhigendes Rauschen von Wellen wie in der Südsee. Wohlige Schauer durchströmten sein Inneres, während die Flasche mit seinem Blut langsam überlief. Zufrieden überließ sich Harald Meyer einem letzten glückseligen Schlaf, nicht ahnend, dass der Fahrstuhl mit Schwester Cora zwischen dem dritten und vierten Stock steckengeblieben war.

Wohnzimmerlesung

»Ehemänner leben länger als Junggesellen,
das ist ihre Strafe.«
JERRY LEWIS

Als Schriftsteller lebt man heutzutage nur noch selten allein von dem Verkauf geschriebener Bücher und von den Lesungen, die einige wenige engagierte Buchhändler oder Bibliothekare organisieren.

›Es ist immanent wichtig, sich möglichst breitgefächert aufzustellen und mit einem Portfolio aufzuwarten, welches an den Gegebenheiten des Marktes orientiert ist.‹ So ungefähr klingt die Quintessenz der *Berliner Unternehmensberatung Strategia*, von der ich mir erhofft hatte, dass sie mir hinsichtlich Marketing und Vertrieb meiner Bücher neue Wege aufzeigt. Die Untersuchungen meiner Ist-Situation und der schwammige Ausblick in eine bessere Zukunft kostete mich ein Monatseinkommen. Das dreihundert Seiten dicke Pamphlet beschwert nun mein Bücherregal und hat mich, wenn man der Papierverschwendung etwas Positives abgewinnen will, um eine unnötige Erfahrung reicher gemacht. Dennoch habe ich den Kerngedanken, die Schriftstellerei breitgefächert aufzustellen, verinnerlicht und einiges dafür getan, andere Verdienstmöglichkeiten zu finden.

In der letzten Zeit werde ich häufiger eingeladen, meine Geschichten in einem Wohnzimmer zu präsentieren. Die Idee, dass man mich für eine Wohnzimmerlesung buchen, verschenken oder stundenweise mieten kann, verdanke ich einem Kollegen, der bei einem offenen Autorenstammtisch in der *Deponie Nr. 3* bierselig davon geschwärmt hatte, dass er seinen Lesern ausgesprochen nahekomme. Der Kerl schreibt romantisch schwülstige erotische Liebensgeschichten. Literatur zum Seufzen,

Sehnsüchteln und Träumen. Auch setzt sich die lauschend interessierte Leserschaft vorwiegend aus jungen knusprigen Frauen oder Frauen maximal mittleren Alters zusammen. Der Widerling schwärmte davon, er habe schon Partien signiert, von der Krimiautoren nur träumen können. Seine Schlafzimmerlesungen seien der absolute *Burner*. Was für ein schrecklicher Angeber! Der Mann ist verheiratet, besteht aber darauf, Familie und Beruf sauber voneinander trennen zu können. Außerdem müsse die eigene Ehefrau ja nicht alles wissen.

Inzwischen hören auch mir überwiegend Frauen zu, jedoch entspricht deren Altersstruktur eher höherem Semester. Bei mir ist das privateste Ambiente das Wohnzimmer. Küchen sind ebenfalls akzeptabel und je nach Wetterlage kann auch der Garten für Veranstaltungen mit literarisch kriminellem Kolorit umfunktioniert werden. Warum hauptsächlich Vertreterinnen des weiblichen Geschlechts sich für mörderisch Verwerfliches interessieren, gehört zu den Besonderheiten meiner Branche.

Ich gebe zu, Wohnzimmerlesungen sind ein angenehmer Nebenverdienst. Es gibt ein Festhonorar, einen Zusatzverdienst durch den obligatorischen Buchverkauf und, was ich besonders mag, im Anschluss jeder Veranstaltung, kulinarische Köstlichkeiten. Als Autor, der gern und gut speist, sich aber aus Bequemlichkeitsgründen eher mit dem Warmmachen von Fertiggerichten auskennt, sind Einladungen, mit den Gästen zu speisen, äußerst willkommen. Mit den gesammelten Erfahrungen könnte ich ein Buch über die Essgewohnheiten deutscher Literaturinteressierter mit dem Schwerpunkt ›Amüsantes Abmurksen nerviger Nachbarn oder anderer unliebsamer Mitmenschen‹ schreiben.

In diesem Jahr bin ich zum Beispiel an eine Frau verschenkt worden – ich weiß, die Formulierung hinkt ein wenig – die sich liebevoll um vernachlässigte oder in die Jahre gekommene Esel kümmert. Um keine Missverständnisse aufkommen zu lassen, ich meine wirklich Esel, diese pferdeähnlichen Lastentiere, und nicht etwa Männer. Den Unpaarhufern wurde sozusagen ein

Gnadenbrot auf dem Eselshof in der Nähe Berlins gewährt. Die Mutter aller Langohren feierte einen runden Geburtstag, und ich wurde aufgrund dieses Anlasses gebucht. Ein Wohnzimmer ist im üblichen Sinne ein Raum, in dem sich die Bewohner am häufigsten aufhalten. So gesehen entsprach die Weide hinter den Stallungen durchaus dieser Definition. Denn die Besitzerin des Gnadenhofes verbrachte den Großteil ihrer Zeit bei den geliebten Tieren.

Inmitten der Viehkoppel befand sich an jenem Tag für die geladenen Gäste eine mit Stromzäunen gesondert abgespannte Fläche. Quasi eine Weide auf der Weide. Mittendrin Biertische, Bänke, ein rustikales, vielversprechendes Buffet und ein aus groben Brettern gezimmerter Tresen, hinter dem sich Alkoholisches verbarg. Bevor dieser allerdings seiner Bestimmung gerecht wurde, las ich aus meinen Büchern vor.

Das Programm fand nicht nur bei den überwiegend weiblichen Gästen Anklang. Kaum hatte ich einen Platz am Weidezaun des Feierareals eingenommen, interessierten sich auch einige Esel, ein paar Maultiere sowie zwei altersschwache Pferde für meine Geschichten. Die Tiere standen direkt hinter mir, nur von einem dünnen Draht abgehalten, dessen Schreckwirkung mir zwar garantiert wurde, an der ich aber dennoch zweifelte. Anfänglich lauschten mir Mensch und Tier andächtig. Zwei Seiten später, kurz vor dem blutigen Finale, kommentierte ein graumelierter zottiger Esel mit einem kräftigen, äußerst lauten *Iiii-Ahhh*, was er von meinen literarischen Bemühungen, unliebsame Mitmenschen auf eine nette Art um die Ecke zu bringen, hielt. Die restliche Herde schloss sich kurz darauf der Meinung des Oberesels an, so dass sich die Gnadenhofbesitzerin kurzerhand entschloss, den provisorischen Tresen vorfristig zu eröffnen.

Mir blieb nur, die Bücher wieder einzupacken. Glücklicherweise bekam auch ich ein Gnadenbrot und ein paar Schnäpse.

Ein andermal bin ich von zwölf Frauen, diesmal durchaus im ansprechenden Alter, in eine Lichtenrader Wohnung eingeladen worden. Beim ersten Telefonat dachte ich erfreut, dass sei ein gutes Zeichen. Bei der Lesung allerdings stellte sich heraus, dass es sich ausschließlich um Lehrerinnen handelte.

Sie saßen auf der einen Seite eines riesigen Tisches und ich auf der gegenüberliegenden. Eine Situation, die mich an die Prüfungen in meiner Schulzeit erinnerte. Nach der zweiten Geschichte hielt die Deutschlehrerin es für angebracht, mich freundlich zu loben: »Schön, dass Sie auch mal den Genitiv verwenden.«

Das anschließende Kaffe-und-Kuchen-Buffet war experimentell vegetarisch gehalten. Zum Kaffee gab es Rohkosttorte mit Sojamilchschlagsahne und Kekse unbekannt körniger Zusammensetzung. Ich lobte ausgiebig alles in höchsten Tönen und hoffte auf Besserung. Zum Abendessen gab es ein Rohkostbuffet mit Brotsorten, von denen ich bis dahin nicht einmal wusste, dass derartige Kreationen überhaupt existieren. An diesem Abend geschah es das erste Mal, dass ich als eine Art Fachspezialist direkt zu Rate gezogen wurde. Die Frage war simpel: Wie können DNA-Spuren an einem Tatort beseitigt werden?

Geschmeichelt referierte ich ausführlich über den letzten Stand wissenschaftlicher Methoden der Spurensicherung und teilte mein Wissen großzügig mit ihnen: »Es ist fast unmöglich, keine eindeutigen Erbinformationen zu hinterlassen. Man müsste schon im Taucheranzug ein Verbrechen begehen, um nicht verdächtigt zu werden. Dennoch gibt es Hilfsmittel, die verräterische Spuren vernichten können. Spezielle Reinigungsmittel, wie DNA-ExitusPlus zum Beispiel, machen die DNA des Täters fast unnachweisbar. Wenn eine der hier anwesenden Frauen vorhat, die Lebensspanne ihres Ehepartners zu verkürzen und diesen als Suizid erscheinen zu lassen, hätte ich außerdem noch einige Hinweise für Sie. Hilfreich ist immer ein fingierter Abschiedsbrief, der auf jenem Computer geschrieben werden muss, der überwiegend durch den Gatten genutzt wird. Damit auch garantiert keine Zweifel aufkommen, muss zumindest die Tastatur nicht nur von den eigenen Fingerabdrücken, sondern auch von den anhaftenden DNA-Spuren gereinigt werden. Dazu eigne sich diese Art Reinigungsmittel vorzüglich.«

Interessiert lauschte man mir und was ich anfänglich der Eigenart pädagogischen Personals zuschrieb – einige der Lehrerinnen notierten sich Details meiner Ausführungen – sollte mich Monate später nachdenklich stimmen. Dennoch, es war eine sehr schöne Wohnzimmerlesung, auch wenn ich nicht wirklich satt geworden war.

Erstaunlicherweise nahm die Anzahl der Buchungen seit jenem Abend sprunghaft zu. Die Hoffnung, dass Angebote dieser Art sich nach dem Schneeballsystem ausbreiteten, erfüllte sich. Allerdings interessierten sich die Organisatoren der Veranstaltungen immer weniger für die Geschichten, die ich auch weiterhin zur Belustigung vortrug, sondern stellten vermehrt ausgesprochen detaillierte Fragen.

Eine Gastgeberin wollte wissen, wie eine Bremsleitung so zu manipulieren sei, dass bei einer Untersuchung der Gutachter zu dem Ergebnis kommt, es handle sich um einen Ermüdungsbruch. Ein anderes Pärchen interessierte sich dafür, ob es verräterische Symptome gäbe, die zweifelsfrei bewiesen, ob die tödlichen Erfrierungen während einer bitterkalten Nacht auf der Parkbank oder durch die heimische Tiefkühltruhe entstanden seien. Dass Spinatanhaftungen oder Reste anderer tiefgekühlter Kost an der Leiche diese Frage sofort beantworteten würde, war beiden durchaus klar.

Nach einer Lesung, einige Wochen später, wurde ich am kalten Buffet von der sehr attraktiven Gattin eines erheblich älteren reichen Unternehmers angesprochen: »Kennen Sie sich eigentlich auch mit Giften aus?«

In ihrem speziellen Fall empfahl ich eine Kombination aus erotisierenden Pharmaka, Herzinfarkt fördernde Substanzen, und ein sinnlich exzessives Vorgehen. Was als eloquentes

Küchengespräch gedacht war, stellte sich Wochen später als Realität heraus. Genüsslich hatte die Boulevardpresse von dem wahrscheinlich schönsten Tod geschrieben, der einem Mann widerfahren könne. Einige Details in diesem Fall erinnerten mich sehr stark an das Gespräch mit der schönen Frau in der Küche.

Erst da wurde mir bewusst, dass in den letzten Monaten die detaillierten Fragestellungen bei meinen Lesungen stark zugenommen hatten, und ich fing an, in den Zeitungen zu recherchieren. Ich fand einen Fall, den ich nur ungern lesen wollte. Eine kleine Männerrunde hatte mich für eine Garagenlesung engagiert. Man wollte von mir wissen, wie viel versprühter Haarlack, alternativ Deospray, notwendig sei, um vier Frauen in einem Auto, mittels eines Zigarettenanzünders, erfolgreich in die Luft zu jagen. Penibel hatte man alle Daten zusammengetragen: Fahrzeugzellenvolumen. Entflammbarkeitsgrad der Polster und Innenausstattung. Sogar das Gesamtgewicht der Gattinnen lag vor. Ihre Frage konnte ich beim besten Willen nicht beantworten – und ein bisschen bin ich froh darüber. Offensichtlich dachten die Herren, selbst die Lösung gefunden zu haben. Glaubte man der Presse, führte ihr Versuch jedoch nur zu verstümmelten Frisuren und ein paar schmerzhaften Anröstungen.

Aus dem bescheidenen Nebenverdienst, in den Wohnzimmern interessierter Literaturfreunde zu lesen, ist mit den Jahren eine sprudelnde Einnahmequelle geworden. Auch namhafte Politiker, Künstler aus Funk und Fernsehen sowie geachtete Persönlichkeiten der Industrie fragen neuerdings höflich an und sind bereit, angemessene Summen für meine literarischen Auskünfte zu bezahlen.

Erst gestern wurde ich von der Ehefrau jenes Kollegen eingeladen, der seine erotischen Nachtgeschichten auf E-Bay höchstbietend versteigert. Allerdings sind die Gebote inzwischen übersichtlich geworden. Die Gefahr, dass das ohnehin nicht beträchtliche Vermögen in den kommenden Jahren dahinschmelze, mache ihr einige Sorgen und sie bedarf der Inspiration.

Wenn ich die Frau mit der sympathischen Stimme richtig verstanden habe, gedenkt sie mich zu einem kriminellen Candle-Light-Dinner einzuladen. Für mich klingt das nach einer sinnvollen Ergänzung meines Portfolios. Außerdem konnte ich diesen arroganten Schnösel noch nie leiden.

Das Kleingedruckte

»Es fällt niemandem ein, von einem Einzelnen zu verlangen, daß er glücklich sei, – heiratet aber einer, so ist man sehr erstaunt, wenn er es nicht ist!«

Rainer Maria Rilke

»Es gibt immer einen Weg!«

Der Mann, der sich Luca Vito nannte, strich sich durch sein volles Haar und seufzte gelangweilt. Dann griff er nach der Kaffeetasse und führte sie zum Mund. Es war seine Idee gewesen, sich an einem öffentlichen Ort zu treffen. Der Berliner Hauptbahnhof war ideal, um in der Anonymität der Reisenden ungestört über ein paar unangenehme Versäumnisse zu reden. Außerdem mochte er das Café Ritazza, das gemütliches Ambiente mit italienischer Lebensart gekonnt kombinierte. Egal ob er sich auf eine Reise begab, sich mit jemandem traf oder nach einer anstrengenden Bahnfahrt hier ankam, der Besuch war längst zu einer angenehmen Gewohnheit geworden.

»Selbstverständlich gibt es immer einen Weg!«, wiederholte er, griff über den Tisch und zog den Brotkorb zu sich heran. Die Ernsthaftigkeit seiner Worte ließ sich vorzüglich mit gestreckten Fingern, die gebrochene Stücke warmen Ciabattas hielten, theatralisch unterstreichen. Dass sein Name wie auch die Haarpracht unecht waren, schien sein Gegenüber nicht zu merken.

Bernd Arnold nestelte an seiner Krawatte, um besser atmen zu können. Zahltag. Vor diesem Wort hatte es ihm seit Wochen gegrault. Und dennoch hatte er den Termin verdrängt. Es half auch nichts, dass er dem Mann, der natürlich ein Pseudonym verwendete, erklärte, dass er vom medizinisch psychologischen Standpunkt betrachtet, krank sei. Er leide unter einem zwanghaften Verlangen, die bunten Knöpfe der Spielautomaten zu drücken, bis sein ganzes Geld ausgegeben oder er vor Erschöpfung vollständig zusammengebrochen sei. Keiner leide mehr unter der Spielsucht als er persönlich. Mit einer einzigen Handbewegung wurde er unterbrochen.

»Herr Arnold! Langweilen Sie mich nicht mit Ausreden.«

Vorwände und zweifelhafte Entschuldigungen schienen für den Mann, der sich Luca Vito nannte, unerträglich zu sein. Angeblich musste er sie täglich über sich ergehen lassen. Alle erdenklichen Ausflüchte seien ihm schon mehrfach aufgetischt worden. Diesen ermüdenden Teil des Gespräches würde er gern übergehen, ließ er den Verstummten wissen und bat ihn höflich: »Ersparen Sie uns beiden die Peinlichkeit.«

Dann stippte er das Brot in den Kaffee und ließ es genüsslich auf der Zunge zergehen.

Arnold beobachtete ihn angewidert, nickte aber verständnisvoll, obwohl er die Worte kaum begriff. Nur so viel war ihm klar, zuhören war nicht Bestandteil des Auftrages, und Geldeintreibern ging von Natur aus jegliches therapeutisches Verständnis ab. Er war sich sicher, Luca Vito, oder wie auch immer dieser Mensch hieß, wurde daran gemessen, *ob* und nicht *wie* er Ergebnisse erzielte.

»Wie gesagt, Herr Arnold, heute ist Zahltag! Das Datum ist Ihnen seit langem bekannt«, wiederholte Luca Vito noch einmal und betrachtete freundlich aber unmissverständlich das transpirierende Häufchen Elend. Kopfschüttelnd legte er eine Akte auf den Tisch. Bernd Arnold stand auf dem Dossier.

›Was für ein Würstchen‹, dachte er. Genervt schaute der gedungene Geldeintreiber auf seine Uhr und überschlug die Zeit, bis er Alexandra treffen würde.

Sie hatte geheimnisvoll angekündigt, ihre Liaison, die auf den heutigen Tag sechs Monate andauerte, angemessen feiern zu wollen. Daraufhin hatte er mit den von ihr heimlich gutgeschriebenen bahn.bonus-Punkten ein exklusives Hotel gebucht. Ihre Andeutung, dass sie sich in den Farben des Logos der Deutschen

Bahn einen Hauch von Nichts geleistet hatte, stimulierte sein Hirn und ließ ihn träumen. Auf seiner Bahnfahrt nach Berlin hatte er alle denkbaren Farbvarianten an seinem inneren Auge vorbeiziehen lassen. Darüber, welche Details des Dessous seinen Verstand kurzschließen würden, konnte er nur mutmaßen. War es das leuchtende Rot der Initialen, das schlichte Weiß des Hintergrundes oder war es das kontrastierende Schwarz des Namenszuges? Tatsache war, die dreistündige Fahrt verging wie im Flug.

Alexandra arbeitete beim Beschwerdemanagement der Deutschen Bahn. Luca Vito meldete sich natürlich mit seinem richtigen Namen, um einen ungeheuerlichen Vorgang anzuzeigen. Allerdings brachte ihre Stimme ihn fast von seinem Vorhaben ab.

Ihr ›Was kann ich für Sie tun?‹ ließ ihn augenblicklich mit seinen Gedanken woanders sein. Aber es ging um seine Mutter, eine fünfundsiebzig Jahre alte Dame, die auch am Prämienprogramm der Deutschen Bahn teilnehmen wollte. Als sie ihren bahn.bonus-Antrag vorlegte, gab einer der Mitarbeiter ehrlich aber wenig charmant zu bedenken: »Junge Frau! Ob sich das für Sie noch lohnt?«

Die alte Dame war zu recht beleidigt. Zwar dauerte es etliche Fahrten, bis man in den Genuss der geringsten aller Prämien kam, dennoch, es war nicht angebracht, den Passagieren so deutlich ihre Restlaufzeit vorzuhalten. Zur Beruhigung bekam seine Mutter einen Kaffeegutschein und er, als sie beide über den Vorfall lachen mussten, die Telefonnummer der entzückenden Stimme.

Bernd Arnold schaute verzweifelt auf die Akte. Als er das Geld angenommen hatte, war er fest davon überzeugt gewesen, dass nur eine vorübergehende Pechsträhne ihm böse mitspielte. Nichts von Dauer. Es kam immer mal vor, dass das Glück ein paar Tage freinahm, aber schließlich kehrte es immer zurück und glich seine Verluste aus. Er brauchte nur ein bisschen mehr Zeit.

Geld ließe sich schon auftreiben. Ein paar Tage würden reichen. Ein oder zwei.

Mit einem eisigen Blick eliminierte Luca Vito jegliche Hoffnung. Arnold gehörte nicht zu jenen, denen man eine zweite Chance gewährte.

Man wusste alles über den säumigen Zahler. Vierundvierzig Jahre. Abteilungsleiter einer unwichtigen Behörde. Wenig Entwicklungspotential, aber ausgeprägtes Geltungsbedürfnis. Gehaltsgruppe A7. Verheiratet mit einer Frau, die zu schön war, um sich ein Leben lang mit einem Verlierer abzugeben.

Luca Vito erklärte fast beiläufig, er liebe bedeutungsschwere Worte. ›Bestimmung‹ sei so ein Begriff. Konkret und unmissverständlich. Wenn etwas bestimmt sei, basiere es auf festen Größen, Absprachen, Terminen, kurz auf unumstößlichen Regeln.

»Es ist nun mal bestimmt, dass Sie sich heute ehrlich machen. Zahlen Sie?«, fragte Luca Vito und wusste, dass Arnold nicht an Bestimmung glauben wollte. Wer zahlt, redet nicht. Arnold redete. Dass er kein Geld besaß, war vorher klar.

Luca Vito, der sein Pseudonym einem Mafiaroman entlehnt hatte, wusste, dass es besser war, einem in die enge Getriebenen mit Ruhe zu begegnen. Es sorgte dafür, dass die Person nicht in Panik geriet.

Das erste Rendezvous mit Alexandra fand in einem Bordbistro auf der Strecke Berlin Hauptbahnhof nach Hamburg-Altona statt. Sie war zu einem Lehrgang eingeladen und freute sich, ein paar Tage ihrem Alltag zu entfliehen. Er war auf dem Rückweg zu seiner Ehefrau und beschrieb den Status seiner Beziehung mit: Es ist kompliziert. Gleichgültigkeit sei nun mal kein gutes Fundament für eine glückliche und befriedigende Verbindung.

Alexandra erzählte, dass sie mit dem Herzen Bahnangestellte sei und sie den Dienst im Beschwerdemanagement liebe. Ärgerlich an ihrem Job war nur, dass sich zumeist Lehrer oder

Rechtsanwälte über Nichtigkeiten beschwerten. Jeder denkbare Grund wurde angegeben, um in den Genuss eines Kaffeegutscheines zu kommen: Uhr gehe zu schnell, Bahnsteigkante sei zu rund oder der Zug zu lang. Ihre persönliche Nummer eins war die Beschwerde einer Hundebesitzerin, die keine Platzkarten für ihre Möpse erwerben konnte.

Beide lachten viel, kamen sich näher, und kurz vor Hamburg-Altona hatte Luca Vitos Frau gleichgültig zur Kenntnis genommen, dass ihr Mann für die Firma unabkömmlich sei. Danach hatte er das Handy stumm geschaltet, um ungestört das Wochenende genießen zu können.

Bernd Arnold verhielt sich wie erwartet. Den Ausreden folgte die Mitleidstour. Auch die wirkte bei Luca Vito nicht. Was immer der Kerl brabbelte, es war einfach nur lächerlich.

Gereizt brach der selbsternannte Mitarbeiter des mafiösen Forderungsmanagements ein Stück Ciabattabrot ab, um genervt darauf herumzukauen. Schlagartig zog es das ängstliche, schwitzende Etwas vor zu schweigen.

Verzweifelt schaute Bernd Arnold den hastenden Reisenden zu, die an den Fenstern des Café Ritazza vorbeieilten. Gerne würde er jetzt auch verreisen. Weit weg von hier. Allerdings war er sich durchaus bewusst, dass sein Zug längst abgefahren war.

»Die Organisation hat Sie bezahlt. Fünftausend Euro. Keine überzogenen Zinsen. Wir haben nicht gefragt, wie Sie den Betrag verwenden. Einzige Bedingung, die Laufzeit beträgt genau drei Monate. In Ihrem Fall zweiundneunzig Tage. Soll ich in Stunden umrechnen?«

Bernd Arnold schüttelte den Kopf. Er richtete sich noch einmal auf, allerdings nicht sehr überzeugend, um ein letztes verzweifeltes Gefecht zu führen. Mit bemüht fester Stimme fragte er: »Und wenn ich mich weigere?«

Luca Vito schaute belustigt über den Tisch. Er hatte diesen Anfall unerklärlichen Mutes erwartet. Theatralisch atmete er tief durch, nahm das Dossier und schob es in seine Aktentasche. Er zuckte gleichgültig mit den Schultern und erwiderte: »Ihre Entscheidung!«

Nach ihrem ersten Rendezvous wussten Alexandra und Luca Vito, auch Hamburger Nächte sind lang. Seitdem traf er sich regelmäßig mit der Leiterin des Beschwerdemanagements auf dem Berliner Hauptbahnhof, um von hier aus, mit den sozusagen gesponserten Freifahrten der Deutschen Bahn durch die Lande zu pendeln. Beide liebten das Bahnfahren. Allerdings interessierten sie sich weniger für die Sehenswürdigkeiten jener Städte, als vielmehr für die Landschaften die ihre Hände sinnlich erkundeten. Er liebte diese Frau, ihr Temperament, ihre Unbekümmertheit und ihre Art, wie sie das Schlagen von Schwellen auf seinem Körper imitierte.

Luca Vito musste sich konzentrieren und seine Gedanken unter Kontrolle behalten. Das Gespräch war zu wichtig und verlangte seine ganze Aufmerksamkeit. Es durfte kein Zweifel aufkommen, dass er zu allem entschlossen war. Arnold hatte einen Grad von Verzweiflung erreicht, der inzwischen auch geruchsintensiv wahrnehmbar war. Offensichtlich brauchte er aber noch Zeit, um zu erkennen, dass es keine Lösung für sein Problem gab.

Angewidert schweiften Luca Vitos Gedanken wieder ab.

Das kommende Wochenende versprach, der Höhepunkt ihrer bisherigen Reisen zu werden. Ein paar Klicks von ihr auf der Tastatur hatten gereicht, um sein bahn.bonus-Punktekonto beeindruckend anschwellen zu lassen. Alexandra würde im City Night Line nach Basel mit ihrem DB-farbenen Hauch von Nichts auf ihn warten. Seine Mundwinkel umspielte ein verträumtes Lächeln, dass Arnold eindeutig falsch interpretierte und ihn restlos zusammensacken ließ. Luca Vito entging das nicht.

Mit einem Seufzen verbannte er den Gedanken an Alexandra. Ein wenig würde er sich noch gedulden müssen. Jetzt galt es erst einmal, den ärgerlichen Part mit diesem Versager zu beenden.

»Herr Arnold! Sollten Sie nicht zahlen können, kommt das Kleingedruckte des Vertrages zur Anwendung. Sie wissen schon, die Organspende. Es gibt mindestens zehn verschiedene Organe, die sich problemlos anderen implantieren lassen. Leber, Niere, Netzhaut der Augen, Herz, von mir aus auch ein Stück Ihres Dünndarms. Von zwei oder drei Dingen werden Sie sich trennen müssen. Sie kennen ja die Preisliste. Wenn Sie es wünschen, wählen wir für Sie aus.«

Bernd Arnold wurde blass. Dass er eine seiner zwei Nieren opfern konnte, war ja nicht unmöglich. Nur die Vorstellung, ein Auge oder gar einen der beiden Lungenflügel abzugeben, verursachte ihm erhebliche Bauchschmerzen. Die Frage, ob es nicht sogar für das Eigengewicht vorteilhaft wäre auf ein oder zwei Meter Dünndarm zu verzichten, vermochte er nicht zu beantworten. Vielleicht ließ sich ja seine Leber in mehrere Stücke teilen, überlegte er.

Dass Luca Vitos Auftraggeber keine Gnade kannten, hatte er verstanden, aber dass sie so weit gehen würden, ließ ihn doch frösteln.

Das Kreischen der Bremsen eines ankommenden Zugs schien seine gesamten Innereien zu filetieren. Als der Zug endlich schwieg und eine sympathische Frauenstimme die üblichen Verspätungen der Anschlusszüge zur Kenntnis gab, räusperte er sich verlegen. Fast tonlos fragte er: »Sie sprachen von einer Alternative?«

Luca Vito deutete ein leichtes Nicken an.

»Wie ich schon sagte, es gibt immer einen anderen Weg.«

»Einen anderen?«, wiederholte Arnold hoffnungsvoll, der langsam realisierte, dass ihm noch Luft zum Atmen blieb.

Luca Vito, der Exekutor, wie er sich selbst bezeichnet hatte, nahm die Serviette und zog geschickt einen Brief aus der Innentasche seines Jacketts. Er fixierte sein Gegenüber, um deutlich zu machen, dass es kein Zurück geben würde. Schließlich schob er den Brief über den Tisch.

»Sie verlässt jeden Tag um 06:00 Uhr das Haus. Sie können den Wecker danach stellen. Die Frau joggt. Gesundheitsfanatikerin. Unser Alter. Sie bleibt für drei Atemzüge vor dem Eingang stehen, um frische Luft einzuatmen. Das Dach ist nicht mehr ganz neu. Wenn Sie den Steinblock von oben herunterfallen lassen, dauert das kaum eine Sekunde. Sie haben also genug Zeit zu zielen.«

Schlagartig änderte sich die Farbe des Gesichtes seines Gegenübers. Es nuancierte in blassen Tönen mit einem Stich ins Aschfahle.

»Ich soll die Frau mit einem Stein erschlagen?« Arnold schien fassungslos zu sein und dennoch klang es nicht überzeugend.

»Wie Sie es anstellen, ist Ihnen überlassen. Von mir aus können Sie die Frau auch gerne mit einer Reisetasche erschlagen oder ihr mit einer scharf angeschliffenen BahnCard-50 die Halsschlagader durchtrennen. Punkte werden Ihnen dafür aber nicht gutgeschrieben. Wichtig ist nur, dass die Frau keine inneren Verletzungen davonträgt. Sie verstehen? Wir erwarten eine ausgesprochen solide Qualität ihrer Innereien.«

»Ich bin nicht sicher, ob ich das …«

»Der Termin wäre kommenden Montag.«

»Montag schon? Nach diesem Wochenende?«

Luca Vito verdrehte die Augen.

»Haben Sie eine Ahnung, wie lange es dauert, bis ein Patient auf der Warteliste ganz oben steht? Versauen Sie das nicht! Ansonsten … Na Sie wissen schon! Verspäten Sie sich nicht!«

Bernd Arnold nahm den Briefumschlag und betrachtete das Foto. Er hatte die Frau noch nie gesehen.

Als er wieder aufschaute, um nach der Adresse zu fragen, war der Mann, der sich Luca Vito nannte, zwischen jenen Fahrgästen verschwunden, die gerade den Nachtzug nach Basel bestiegen. Die Anschrift der Frau fand er auf der Rückseite des Fotos.

***

»Ich habe dir ja gesagt, dass er leichtgläubig ist.« Alexandra lächelte und küsste den Mann, der mit richtigem Namen natürlich nicht Luca Vito hieß.

Es war ein Vierteljahr her, dass er sie das letzte Mal gesehen hatte. Sehnsüchtig hatte er die Tage gezählt.

Er wartete, bis die Ansage über die Ankunft des Zuges verklungen war, und flüsterte voller Bewunderung: »Was für eine grandiose Idee. Dein Gatte erschlägt meine Frau wegen lächerlicher fünftausend Euro Spielschulden und stürzt dann vom Dach.«

Sicherlich, es bedurfte eines kleinen Stoßes, damit Arnold das Gleichgewicht verlor. Kein wirkliches Problem für einen Typen wie Luca Vito.

Der Zug fuhr langsam ein. Hastig rannten die Reisenden zu den Türen, hievten ihre Koffer in die Abteile und winkten aufgeregt noch einmal Verwandten und Freunden zu.

Kurz darauf bezogen auch Alexandra und Luca Vito ihre Plätze. Zufrieden schauten sie zu, wie der Zug den größten und modernsten Kreuzungsbahnhof Europas verließ.

»Wie bist du eigentlich auf die Idee gekommen, meine Frau ...?«

Alexandra schmunzelte und sah nachdenklich auf den langsam kleiner werdenden Berliner Hauptbahnhof.

»Kannst du dich erinnern, dass der Orkan Kyrill im Januar 2007 zwei Stahlträger aus der Fassade des Bahnhofes gerissen hat? Einer davon ist auf die Freitreppe gestürzt. Fast hätte es jemanden erschlagen. Da kam mir die Idee mit dem Schornstein.«

Er schaute sie ungläubig an, nickte respektvoll und umfasste liebevoll ihre Hände.

Beide schmunzelten, wissend, es gab mehr als zwei Menschen, die, dank eines Spielers, der außerstande war seine Schulden zu begleichen, wieder zuversichtlich in die Zukunft schauen konnten. Denn sowohl die Organe seiner Frau, wie auch die ihres Mannes waren von einer vorzüglichen Qualität.

Montagabend

»Richtig verheiratet ist der Mann erst dann, wenn er jedes Wort versteht, das seine Frau nicht gesagt hat.«
ALFRED HITCHCOCK

»Wie war dein Tag?«, fragte Doris beiläufig ihren Mann, stellte eine Tasse mit Kaffee auf sein Platzdeckchen und goss Milch in ihren. Sie liebte es, mit dem Löffel das Weiße mit dem Schwarzen zu mischen. Etwas Beruhigendes ginge davon aus, behauptete sie regelmäßig.

Manfred setzte sich auf den Küchenstuhl am Fenster, schaute auf die Uhr über dem Wandregal und überschlug die Zeit, die blieb, bis es an der Tür klingeln würde. Für einen Kaffee sollte es noch reichen.

»Knut ist nicht zur Arbeit erschienen«, antwortete er, ohne auf die Frage seiner Frau einzugehen. Er nahm die Abendzeitung aus seiner Arbeitstasche und legte sie auf den Küchentisch, während er genervt versuchte, das Klappern ihres Kaffeelöffels zu ignorieren.

Knut würde nie auf die Idee kommen, erst Kaffee in die Tasse zu gießen und anschließend Sahne, um sie mit einem Löffel einzurühren. ›Viel zu umständlich‹, dachte Manfred.

»Ist er krank?«, erkundigte sie sich, verdrehte etwas den Kopf und las nebenbei die Schlagzeile: ›Grausiger Fund am Grunewaldsee – Frauenleiche entdeckt‹

»Keine Ahnung. Am Sonnabend wollte er angeln gehen.«

Es war kein gutes Zeichen, dass Knut nicht Bescheid gegeben hatte. In allem, was sein Kollege tat, war er penibel und korrekt. Meldete er sich krank, was in den fünfzehn Jahren, die sie im Grundbuchamt Charlottenburg zusammenarbeiteten, selten vorgekommen war, hatte er zuerst ihn angerufen. Danach informierte er die Personalabteilung. Urlaub hatte Knut für den kommenden Monat beantragt. So zumindest war die Absprache.

»Haben die Kinder angerufen?«, fragte Manfred in einem Tonfall, der die Antwort schon erahnte.

»Nein. Sicherlich haben sie viel zu tun.«

»Selbstverständlich. Sie rufen nur an, wenn einer von uns Geburtstag hat und sie zufällig daran denken. Eigentlich interessieren sie sich für uns nur, wenn sie etwas brauchen.«

»Sei nicht so streng. Wichtig ist, dass es beiden gut geht«, bemerkte Doris leicht vorwurfsvoll, ein deutliches Signal, um ihm klar zu machen, dass sie wenig Lust hatte, darüber zu reden. Es gab Themen, die blockte sie sofort ab. Wenn er keinen Streit haben wollte, beließ er es dabei.

Endlich war sie mit dem Umrühren des Kaffees fertig und legte den Löffel ins Spülbecken. Stöhnend, als täte ihr die Hüfte weh, setzte sie sich gegenüber auf den Küchenstuhl und drehte die Zeitung herum, um den Artikel lesen zu können.

›Noch nicht identifiziert ist der Frauentorso, der am Sonntagvormittag von Spaziergängern am Grunewaldsee in Charlottenburg entdeckt wurde. Das zuständige Landeskriminalamt für Delikte am Menschen hat die Ermittlungen aufgenommen.‹

»Und wie war dein Tag?«, erkundigte sich Manfred, weil er immer danach fragte. Ein Ritual, das ohne Bedeutung war.

Ohne aufzublicken, sagte sie: »Schrecklich, die Tote war in unserem Alter. Wusstest du, dass das schon die dritte Leiche ist, der man den Kopf und alle Gliedmaßen abgetrennt hat? Der Torsomörder! Was die Presse immer für Namen erfindet.«

Nachdenklich betrachtete Manfred seine Frau, wie sie gierig Zeile für Zeile des Artikels las. Er hatte noch nie verstanden, worin die Faszination an derartigen Verbrechen bestand. Schließlich beantwortete er sich die Frage selbst, in dem er den Voyeurismus damit erklärte, dass Doris ein Zuviel an freier Zeit besaß und sich wahrscheinlich langweilte. Er arbeitete Vollzeit im Grundbuchamt Charlottenburg, während sie nur an zwei Tagen in der

Woche für ein paar Stunden Telefondienst für den Malteserorden leistete.

Glücklicherweise verzichtete Doris heute auf die Aufzählung von Nichtigkeiten, mit der sie ihre Zeit verbrachte. Ob der Fürst und Großmeister, seine Hoheit und Eminenz Herr Tralala von Sowieso sich mit dem Leiter der Berliner Sektion hatte verbinden lassen, interessierte ihn nicht ansatzweise. Wie oft hatte er sie gebeten, ihm diese albernen Details zu ersparen? Kein Grund für sie, Rücksicht zu nehmen. Mit den Jahren hatte er gelernt, jenes Weghören nicht unhöflich erscheinen zu lassen, aber in den letzten Monaten war ihm das zunehmend schwerer gefallen.

»Du bist dünnhäutig geworden«, hatte Knut schon vor Wochen festgestellt, als sie gemeinsam angeln waren. Manfred dachte daran, dass sein Kollege nur Raubfische angelte. Hecht, Zander, Wels. In der Pfanne landeten ausschließlich Edelfische. Knut hatte Achtung vor der Kraft und Eleganz der Tiere. Die Art und Weise, wie er einen Fisch ausnahm, konnte man fast liebevoll nennen.

»Die schreiben hier, dass die gefundenen Torsi an antike Vorbilder erinnern. Angeblich entspricht das dem Schönheitsempfinden der Renaissance. Ob der Kerl was Sexuelles mit ihr gemacht hat?«

»Wie bitte?« Manfred schaute seine Frau fassungslos an.

»Na, mit der Toten!« Sie tippte ungeduldig mit den Fingern auf die Tischplatte. »Das ist bestimmt so ein Perverser. Vielleicht hat er es zuerst mit griechischen Skulpturen versucht. Und weil das nicht funktionierte ...« Sie kicherte. »... hat er es schließlich mit richtigen Frauenkörpern probiert«.

Manfred schüttelte angewidert den Kopf und antwortete: »Du liest eindeutig die falschen Bücher.«

Eine Handbewegung, als würde sie eine lästige Fliege verjagen, erinnerte ihn daran, dass es sie nicht interessierte, was er von ihren Lesegewohnheiten hielt. Ständig las sie Krimis, Thriller oder Sachbücher über besonders abartige Verbrechen. Vor kurzen hatte Doris das Lexikon der Serientäter erworben. Erst nachdem er wütend gedroht hatte, das Buch im Müll zu entsorgen, wenn sie ihn weiterhin mit den Biografien von Ted Bundy, Peter Kürten oder Karl Denke belästige, hatte sie aufgehört, ihm Passagen vorzulesen.

Las Knut Bücher? Manfred wusste es nicht. Sie hatten nie darüber geredet. Sein Kollege war ein ruhiger nachdenklicher Mensch. Laut lachend hatte er ihn niemals erlebt. Schmunzeln war das Höchste, was er an Erheiterung zuließ. Aufgeschlossen, freundlich aber stets kontrolliert, nur so kannte er ihn. Als vor drei Jahren Knuts Frau ihn über Nacht verlassen hatte, war er schweigsamer geworden.

»Dein Kaffee wird wieder kalt. Was ist mit dir? Hast du etwas? Du bist so ruhig«, stellte Doris fest und schaute prüfend über die Zeitung.

»Nein, alles in Ordnung!«

Sie nickte kurz und zog die Augenbrauen hoch. Das tat sie jedes Mal, wenn sie der Antwort ihres Mannes keinen Glauben schenkte. Er hasste diese Mimik.

Nichts war in Ordnung. Knut würde das Versprechen nicht einhalten können. Aber das brauchte Doris nun wirklich nicht zu wissen. Dass sein Kollege heute nicht im Grundbuchamt erschienen war, hatte ihn augenblicklich erschreckt. Von einem auf den anderen Moment begriff er, dass sich alles verändert hatte.

Fünfzehn Jahre arbeiteten sie in dem kleinen Büro zusammen, erstellten Grundbuchauszüge, prüften Bebauungspläne und aktualisierten Liegenschaftskarten. Einen angenehmeren Bürogenossen vermochte sich Manfred kaum vorzustellen. ›Eheähnliche Zustände‹ umschrieb sein Chef einmal spitz ihr Verhältnis. »Unvergleichlich besser«, hatte Manfred darauf spontan geantwortet. Knut schaute ihn anschließend lange an, schwieg jedoch.

Waren sie Freunde? Manfred konnte sich die Frage nicht beantworten. Auf alle Fälle waren sie mehr als nur Kollegen. Vielleicht glich ihre Beziehung einer Art Symbiose. Nur welchen Gewinn

Knut durch ihn erlangte, blieb ihm ein Rätsel. Beide mussten noch vier Jahre arbeiten, bevor sie in Pension gehen konnten. Knut durfte ein Vierteljahr früher die letzte Akte schließen.

Manfred betrachtete Doris nachdenklich, die im Innenteil gierig Informationen über den Torsomörder suchte. Fündig geworden legte sie erfreut ihre Finger um die Kaffeetasse, um sie zu wärmen, und betrachtete interessiert die Pressefotos. Schon immer hatte sie unter kalten Händen gelitten, eine Eigenart, die all die Jahre unverändert geblieben war. Früher hatte ihn das nicht gestört. Vieles hatte ihn nicht gestört. Früher.

»Rindfleisch ist im Angebot. Am Wochenende werde ich uns Rouladen schmoren«, bemerkte sie plötzlich.

Kopfschüttelnd schaute er die Frau auf der gegenüberliegenden Seite des Küchentisches an, die jedes Detail auf den Bildern genau untersuchte. »Wie kommt man von dem Fundort einer Leiche auf Rouladen?«, fragte er ungehalten und trank einen Schluck Kaffee. Sie zog die Stirn in Falten, antwortete aber nicht.

Knut verschwieg lange, dass er allein lebte. Wenn er morgens ins Büro kam, sah er ordentlich aus, sauber rasiert mit roten Flecken am Hals, die sich gegen Feierabend verflüchtigten. Die Haare trug er kurz und streng nach hinten gelegt. Irgendwann nach einer Frühstückspause, als er dabei war, die letzten Krümel vom Tisch zu wischen, hatte er schlicht bemerkt: »Angelika hat mich vor vier Wochen verlassen! Das hätte sie nicht tun sollen.«

Nebenbei faltete er akkurat das Stullenpapier zusammen, Stoß auf Stoß, und legte es sorgsam zurück in die Brotdose. Sparsam, wie er war, würde er es am folgenden Tag erneut verwenden. Dann nahm er sich eine weitere Akte vor, um einen Auszug aus einem Liegenschaftsbuch zu erstellen. Mehr sagte er nicht. Drei Jahre war das jetzt her.

»Hast du an die Fotos gedacht?«, riss Doris ihren Mann aus den Gedanken.

Erstaunt schaute Manfred sie an.

»Seit zwei Wochen bitte ich dich, an die Fotos zu denken.«

»Morgen bringe ich sie mit. Versprochen!«

Wütend faltete sie die Zeitung zusammen und wischte sie mit einer energischen Bewegung an den Rand des Tisches. »Am Freitag kommt mein Bruder. Und ich möchte ihm die Fotos von unserer Reise zeigen. Ist das so schwer zu verstehen?«

Auch das hatte er vergessen. Er hatte keine Sekunde daran gedacht, dass ihr Bruder sich zum obligatorischen Quartalsbesuch angemeldet hatte. Als würde eine bleierne Last die Luft aus seinem Körper pressen, stöhnte er auf. »Am kommenden Wochenende? Ist es schon wieder so weit?«

»Du musst ja mit Horst nicht über Politik schwätzen.«

»Er schwätzt doch immer das gleiche Zeug«, antwortete Manfred gereizt, »von wegen zu Ostzeiten ging es allen besser und gerechter wäre es auch gewesen. Als ob er einen Parteiauftrag hat.«

»Was soll das denn wieder! Er ist mein Bruder«, verbat Doris energisch jeden weiteren Kommentar. Er wusste, es hatte wenig Sinn, darüber zu diskutieren.

Knuts Ehe war kinderlos geblieben. Angelika hatte ihm das wieder und wieder vorgeworfen und ihn wohl deswegen verlassen. Geschwister gab es auch keine. Er lebte allein, und wenn er wollte, ging er angeln.

Manfred war das nicht möglich. Doris interessierte sich zwar für Verbrechen, je abnormer, umso faszinierender, schimpfte ihn aber vorwurfsvoll einen herzlosen Fischmörder. Lediglich ein Mal im Monat duldete sie sein Hobby, auch wenn sie regelmäßig die Nase rümpfte, sobald er die Ausrüstung aus dem Keller holte. Des Ehefriedens zuliebe hatte er der Monatsregelung zugestimmt. Knut ersparte sich einen Kommentar, als Manfred ihm von den Forderungen seiner Gattin erzählte.

Erneut las Doris den Artikel, wobei sie aufmerksam die Fotos studierte.

»Und wenn du morgen zum Fotografen gehst, dann bring bitte gleich für meinen Bruder alkoholfreies Bier mit.«

»Ich sollte mit dem Torsomörder reden«, murmelte Manfred

und konnte sich ein Lächeln kaum verkneifen.

»Wieso das denn?«, fragte seine Frau und schaute ihn vorwurfsvoll an. Dann nahm sie aus dem Schubfach eine Lupe, um ein Tatortfoto möglichst genau zu betrachten.

»Der Torsomörder bringt nur Frauen um, oder?«

»Ja und?«, erkundigte sie sich misstrauisch, ohne aufzusehen.

»Ich musste gerade an deinen Bruder denken.«

»Du bist unmöglich«, schimpfte sie und sah ihn empört an. Sie stand auf, legte die Lupe zurück ins Schubfach und stellte ihre leere Tasse in die Spüle. Sie war sauer.

Natürlich hatte er es übertrieben. Normalerweise würde er in so einer Situation aufstehen, sich hinter sie stellen, die Hände auf ihre Schultern legen und die verspannten Muskeln ein wenig massieren. Manfred wusste, dass sie das liebte, und bisher gelang es ihm regelmäßig, nicht nur die Verspannungen, sondern auch ihre Verstimmungen wegzumassieren. Heute verzichtete er darauf. Es gab wichtigere Probleme. Erneut überschlug er die Zeit, die noch blieb.

Dann schaute er zu dem Kaffee, der längst kalt war. Zu Hause schmeckte er zu dünn. Doris sparte am Kaffeepulver und kaufte grundsätzlich nur billige Sorten. Im Büro kochte Knut Kaffee. Exotische Sorten aus dem Kaffeeshop seines Vertrauens. Wenn Manfred morgens das Büro betrat, standen zwei Tassen schon wohlduftend auf dem Schreibtisch. Eine lieb gewordene Zeremonie. Eine Geste, die er Knut hoch anrechnete. Auch dafür, dass er ihn nicht gleich mit Fragen oder schnöden Arbeitsdetails belästigte, war er dankbar. Morgens brauchte er etwas Zeit, bis er ansprechbar war. Knut wusste das und ließ ihn in Ruhe.

»Hat dein Kollege eigentlich jemals erzählt, warum ihn seine Frau verlassen hat?«, fragte Doris noch immer beleidigt.

»Warum willst du das gerade jetzt wissen?«, erkundigte er sich verwundert.

Energisch stellte sie die Kaffeesahne in den Kühlschrank und knallte die Tür unsanft zu.

»Angelika hat noch ein Buch von mir. Hätte sich mal melden können. Ich habe ihr nichts getan! Abgesehen davon arbeitet sie auch nicht mehr in ihrem Betrieb. Jedenfalls kann mir keiner der Kollegen sagen, wo ich sie jetzt erreiche. Wirklich ärgerlich mit dem Buch. Frag bitte Knut, ob er einen schönen Gruß von mir bestellen könnte. Wiedersehen macht Freude! Sicherlich hat er ihre neue Adresse.«

Sein Blick glitt von ihrem verärgerten Gesicht zur Wanduhr. Jeden Moment würde der Minutenzeiger die Zwölf erreichen. Er räusperte sich kurz, bevor er sagte: »Wir bekommen gleich Besuch. Ein Herr von der Kriminalpolizei möchte mit mir sprechen. Wie gesagt, Knut ist heute nicht auf der Arbeit erschienen.«

Doris schaute ihn ungläubig an. »Kriminalpolizei?«

Pünktlich klingelte es an der Wohnungstür. Manfred stand auf und ging den Flur entlang, legte die Hand auf die Klinke, die ihm kalt und fremd vorkam. Er atmete tief durch und dachte: ›Knut wusste, dass der Tag unweigerlich näher rückte, an dem die Beamten, ihn, den Torsomörder, verhaften würden.‹

Bei ihrem letzten Angelausflug hatte Knut detailliert jeden seiner Morde beschrieben. Seine Frau war sein erstes Opfer gewesen. Er war es leid, von ihr als Versager beschimpft zu werden, weil er im Bett angeblich nichts taugte. Nicht nur, dass er unfähig war, Kinder zu zeugen, bei seinem Anblick mutiere der Begriff Lust zu einem Fremdwort. Unermessliche Wut habe ihn in jenem Moment die Kontrolle verlieren lassen. In einem Rausch habe er sie ermordet und anschließend zerstückelt. Was für ein intensives Gefühl. Ihr Torso strahlte eine Faszination aus, die er bis dahin nicht erlebt hatte. Da hatte er verstanden, Hilflosigkeit war jener Zustand, der ihn erregt. Die anderen Opfer waren flüchtige Affären. Nette Angebote einer Partnerbörse.

Lange hatten sie beide wortlos auf das stille Wasser geschaut. Es war kein unangenehmes Schweigen, eher eines, das Vertrauen beinhaltete. Und dann hatte Knut einen Vorschlag gemacht. Einen, der sein Leben vorteilhaft verändert hätte.

Nach dem zweiten Klingeln öffnete Manfred enttäuscht die Wohnungstür. Er atmete tief durch, wissend, dass er nun doch den Rest seines Lebens mit Doris weiterleben musste.

Wenn aus Worten Taten werden

»Man tut sich zu zweit zusammen, um Probleme zu umgehen, die man als einzelner gar nicht hätte.«
Woody Allen

Kritisch überflog ich die Zeilen, die ich soeben zu Papier gebracht hatte. Gedacht für den neuen Band mörderischer Kurzgeschichten, hatte ich mir vorgenommen, lapidar zu beginnen und dann mit einem Paukenschlag ein unvorstellbar schreckliches Verbrechen zu beschreiben. Obwohl niemand da war, der mir zuhören konnte, begann ich, laut und mit einem gewissen Timbre in der Stimme vorzulesen.

Ich besitze eine elektrische Klingel direkt neben der Wohnungstür im klassischen Design der Fünfziger Jahre. Zwischen zwei runden, verdächtig an weibliche Brüste erinnernde Glocken, schlägt, sobald jemand Einlass begehrt, aufgeregt ein kleiner Klöppel hin und her. Überhören kann man den Ton nicht. Er ist unangenehm laut und von jener Intensität, der jedes Mal für einen Adrenalinschub verantwortlich ist. Obwohl das Konstrukt längst in die Jahre gekommen ist und durchaus wohlklingende Nachfolger in jedem Baumarkt günstig angeboten werden, besitzt dieses Monstrum einen überaus schätzenswerten Vorteil. Es verrät unüberhörbar, wer Einlass begehrt.

Flyerverteiler erkenne ich durch ihr kurzes, fast höfliches Antippen. Es erspart mir nachzufragen, um was es geht. Pizzaboten neigen eher dazu, ungeduldig auf den Knopf zu drücken, um ein südländisches Temperament vorzutäuschen. Dabei ist es nur ein unverschämt, langanhaltendes Klingeln, unangenehm fordernd, und es kann mir regelrecht den Appetit verderben. Meine Mutter nutzt eine bewährte Seemannsmethode und morst quasi ihre Ankunft. Lang kurz kurz lang, eine Warnung, ähnlich einer angekündigten Radarkontrolle. Sobald ich ›Lang kurz kurz lang‹

höre, räume ich schnell die liegengebliebenen Sachen weg, um der Unordnung etwas von ihrer Deutlichkeit zu nehmen. Überwiegend ein sinnloses Unterfangen.

Meine Nachbarin dagegen, ein schüchternes, zur Vergesslichkeit neigendes, in die Jahre gekommenes Mädchen, beherrscht die Methode des Vor- und Nachklingelns. Zuerst ein kurzer, zittriger Versuch und sofort anschließend der energisch trotzige Ich-trau-mich-jetzt-doch-Ton. Meist benötigt sie ein Ei, eine Zwiebel oder ein Gewürz, das ihr angeblich gerade ausgegangen sei. Dann erkundigt sie sich nach dem Befinden. Ich berichte über den neuesten Stand meiner schriftstellerischen Tätigkeit. Regelmäßig plauschen wir über die Verwicklungen der einzelnen Mietparteien und beenden das Treppenhausgespräch mit dem geflüsterten Bekenntnis, dass früher alles, wenn nicht besser, so doch zumindest angenehmer war.

An diesem Morgen schellte jedoch das Monstrum in einer Art, die ich so noch nie gehört hatte. Es kündigte jemanden an, der selbstbewusst war und auch keinen Zweifel daran ließ, dass er von meiner Anwesenheit überzeugt war. Außerdem besaß er ein Gefühl dafür, wie lang und intensiv ein Klingelknopf betätigt werden muss. Sofort war mir klar, dass etwas Schreckliches geschehen würde. Schicksal kennt keine Gnade. Noch zögerte ich, die Tür zu öffnen …

Während ich überlegte, warum der Protagonist dieser Geschichte zögerte, klingelte es tatsächlich. Verwirrt legte ich den Stift auf den Schreibtisch.

Ein überaus dünner Mann stand vor meiner Wohnungstür. »Muckenhaupt! Kriminalhauptkommissar Muckenhaupt!« Er hielt mir eine Polizeimarke vors Gesicht, die ihn eindeutig als Beamten der Mordkommission auswies. Die Gestalt des Kriminalbeamten, die, so schien mein erster Eindruck, jede Form von Nahrung als Zumutung anprangerte, wirkte unruhig.

Ich bat ihn herein, und ohne dass ich es verlangte, streifte er die Schuhe ab und marschierte socken- und wortlos in mein Arbeitszimmer. Entweder besaß der Kommissar keine Strümpfe, hatte sie vergessen oder weigerte sich, aus welcher Überzeugung auch immer, selbige zu tragen. Mit einer einladenden Geste bot er mir meinen Schreibtischstuhl an und nahm selbst auf dem Sofa Platz.

Dass ein Ermittler der Mordkommission gern im Duktus der Allwissenheit daherkommt, mag an dem Beruf und der Aufgabe liegen, Fakten mathematisch aneinanderzureihen, bis der Beweis zweifelsfrei erbracht wurde. Eine gewisse Nervosität war ihm anzumerken. Skeptisch betrachtete er mein Arbeitszimmer. Als er nichts entdeckte, was seine Aufmerksamkeit verdiente, begann er den rechten Fuß gedankenverloren zu massieren. Ich schwor mir, beim Abschied auf ein Händeschütteln zu verzichten.

Mir war unklar, was der Grund des Besuches sein könnte. Die Frage nach Kaffee oder Tee verneinte er, erbat sich aber eine Tasse heißes Wasser. Ich gab ihm, was er verlangte. Sofort nippte er mehrfach daran.

»Montag ist Entschlackungstag«, ließ er mich wissen und erklärte: »In der Aufregung habe ich meine Thermoskanne vergessen.« Unvermittelt stellte er die Tasse auf den Tisch, zielte mit dem knochigen rechten Zeigefinger auf mich und flüsterte unheilvoll: »Ihre Geschichten werden als Vorlage für Verbrechen genutzt. Es ist purer Zufall, dass ich darauf gestoßen bin. Meine Frau liest, ach, was sage ich, studiert Ihre Bücher. Sie besitzt alle Ausgaben. Auch die Sondereditionen und sogar die Folgeauflagen. In den letzten Nächten habe ich alles gelesen, was von Ihnen in unseren Regalen steht. Glauben Sie mir, ich bin zutiefst beunruhigt.«

Gerne hätte ich in diesem Moment etwas Stärkeres als Kaffee getrunken und konnte mich seiner Einschätzung, *beunruhigt zu sein*, problemlos anschießen. Um etwas alkoholisch Wirksames zu trinken, war es eindeutig zu früh. Der Magen hätte mich sicherlich sein Unverständnis spüren lassen.

»Wie darf ich das verstehen?«, erkundigte ich mich vorsichtig und sackte vorbeugend auf meinem Arbeitsstuhl zusammen. Auf den Gedanken, dass meine Geschichten als

Handlungsanleitungen interpretiert werden könnten, war ich nie gekommen.

Kriminalhauptkommissar Muckenhaupt wechselte den Fuß, schüttelte verständnislos den Kopf und begann zehweise den bleichen und knochigen Gegenpart durchzukneten. »In Ihrer Geschichte ›Mit einem Knall ins Jenseits‹, wird ein treuloser Buchhalter von einer Hobbypyromanin ermordet. Sie erinnern sich?«

Verständnislos schaute ich den Kriminalhauptkommissar an und fragte zweifelnd: »Und das ist jetzt geschehen?«

»Genau so! Die Frau hat Böller um den unrasierten Hals des Ehegatten gebunden und auf ihre Art das neue Jahr begrüßt. Fachlich versierte Pyrotechnikerin war sie allerdings nicht. Soll ich Ihnen mal die Fotos vom Tatort zeigen?«

Ich lehnte entsetzt ab. Bisher war ich davon ausgegangen, dass die Realität schlimmer ist, als all das, was ich mir am Schreibtisch ausdachte.

»Ein anderes Verbrechen basiert auch auf einem Ihrer Bücher. ›Die Gottesanbeterin vom Schmiedelhof‹. Sie haben eine Serientäterin beschrieben, die all ihre Liebhaber jedes Jahr im Oktober eingekocht hat. Im letzten Monat fanden Kollegen aus Bayern bei einer Hausdurchsuchung hunderte Einweckgläser. Einige Chargen reichen sieben Jahre zurück.«

Es schüttelte mich. Tatsächlich hatte ich in dem Buch über eine Bäuerin geschrieben, die den Sommer auf einer idyllischen Alm lebte, und gelegentlich junge Männer mit ihrem Gesang dazu brachte, neugierig die Wanderung zu unterbrechen. Es war das Sirenen-Thema. Odysseus hatte sich dieser Versuchung schon stellen müssen. Mit Kräutern hatte die prächtige Bäuerin ihre Opfer erst betäubt, sie dann in ein Kellergewölbe unterhalb der Berghütte gesperrt und sich die einsamen Sommerabende mit ihnen versüßt.

Kriminalhauptkommissar Muckenhaupt holte tief Luft und ohne mit der Wimper zu zucken, ließ er mich wissen: »Nicht nur bei den Einheimischen, sondern auch bei den Touristen war der fleischige Brotaufstrich sehr beliebt.«

Er reichte mir einen Stapel Fotos, auf denen niedlich anzusehende Gläschen mit karierten Deckchen und mit verschnörkelten Etiketten zu sehen waren. ›Heidis Brotzeit‹ stand darüber und darunter, ob es sich um Leberwurst, Frühstücksfleisch oder Sülze handelte.

Ich entschied mich nun doch für ein Glas Wodka. Die Befindlichkeiten meines Magens mussten warten.

Dschingis Khans Rache, die mongolische Variante des Wodkas, verfügte über fünfundvierzig Umdrehungen und versprach eine schnelle Linderung. Ich hatte die Flasche von einer Frau geschenkt bekommen, von wem genau, war mir entfallen und in diesem Moment auch unwichtig.

Es gibt nur wenige Autoren, deren Werke praxisnah umgesetzt werden. Meine Überzeugung, dass Literatur nicht wirklich etwas bewegt, wurde auf eine ernsthafte Probe gestellt.

»Schreib keine Geschichte, die nicht auch dir widerfahren soll«, hatte meine Deutschlehrerin mir geraten, nachdem sie die ersten Schreibversuche gelesen und mir die Blätter mit sorgenvoller Miene zurückgegeben hatte.

Ich bot dem Kriminalhauptkommissar an, seine inzwischen leere Tasse mit Dschingis Khans Rache aufzufüllen. Dankbar nickte er mir zu. Dass er im Dienst war, schien ihn nicht sonderlich zu interessieren.

»Nach der ersten stichprobenartigen Prüfung ungelöster Kapitalverbrechen«, er unterbrach sich und trank einen mächtigen Schluck, ohne dabei die Miene zu verziehen, »und ich betone unvollständiger Durchsicht aller Akten der letzten drei Jahre, haben wir fünf Verbrechen entdeckt, die sozusagen Ihre Handschrift tragen.«

Ich hatte mehr als hundert mörderische Kurzgeschichten geschrieben. Bisher war ich stolz darauf, immer eine neue ungewöhnliche Methode gefunden zu haben, wie man jemand auf eine nette Art um die Ecke bringen konnte. Rein literarisch natürlich. Wie in der Realität brachten auch in meinen Geschichten meist Männer Frauen um. Verzweifelte Ehegatten entledigten sich reglementierender Ehefrauen. Zu ersticken drohende Schwiegersöhne töteten in einer Art Befreiungsschlag gluckende Schwiegermütter. In die Jahre gekommene Söhne, die noch psychisch Windeln trugen, ermordeten ihre puppenden Mütter.

Allerdings gab es tatsächlich einige Geschichten, in denen weibliche Protagonisten etwas für die Gleichberechtigung taten. Aber wirklich nur selten hatte ich Frauen derart endgültige Bestrebungen zugestanden. ›Die Gottesanbeterin vom Schmiedelhof‹ zählte dazu. Auch jene, die den Kopf des untreuen Ehemannes in die Luft jagte. In rasender Geschwindigkeit ließ mein Hirn die Inhaltsverzeichnisse der veröffentlichten Bücher Revue passieren.

»Silicon Walli?«, fragte ich vorsichtig.

Muckenhaupt nickte und lehrte seine Tasse. Mit zittriger Hand füllte ich sie erneut.

»Wir haben die Leiche in einem Hotelzimmer gefunden. Das Opfer war mit Seidenschals ans Bett gebunden. Der Mann wurde ...« Resigniert winkte er ab und ließ den Kopf in die Hände sinken.

Ich erinnerte mich. In der Geschichte hatte eine von Chirurgen üppig geformte Schönheit erst den treuebrüchigen Mann ihrer besten Freundin verführt und ihn dann mit Hilfe der Brüste erstickt. Die beiden wohlgeformten Männerträume, die den Bereich zwischen der zweiten und siebenten Rippe vollständig einnahmen, waren der Last zu viel. Der untreue Ehemann hatte beim Liebesspiel lustvoll zu tief eingeatmet, was zu einem Unterdruck in der Lunge führte und damit zu einem hermetischen Abschluss der Atemwege. Kaum mehr als eine Minute zappelte er noch intensiv unter der beeindruckenden Schönheit und versetzte dann mit einem letzten Zucken seine betrogene Frau in den Status der reichen Witwe.

Muckenhaupt erhob sich, kippte erneut beträchtliche Mengen des Wodkas in sich hinein und trat dicht an mich heran. Er flüsterte, als hätte er Angst, jemand könnte uns hören, wobei er dennoch jedes Wort unnötig betonte: »Und auch für Ihr neuestes Werk gibt es schon eine Akte.«

Augenblicklich wurde mir schlecht. Kaum hörte ich, was ich erwiderte. »Sie können mich unmöglich dafür verantwortlich machen. Ich habe niemanden dazu angestiftet. Ich bin nur der Autor!«

Seine Antwort war vernichtend. »Reden Sie sich nicht heraus. Ihre Fantasie ist verantwortlich dafür. Kein Mann möchte so enden. Als Betonfigur im Adamskostüm. Das ist peinlich. Stellen Sie sich mich doch einmal vor, wie ich als Spargeltitan einen Balkon stütze.«

Ich musste zugeben, mir den dürren Freund und Helfer als dekoratives Fassadenelement vorzustellen, fiel wirklich schwer. Unterdessen trank Kriminalhauptkommissar Muckenhaupt mit einem gewaltigen Zug die zweite Portion Dschingis Khans Rache aus und bediente sich, ohne meine Erlaubnis einzuholen, erneut von der hochprozentigen mongolischen Spirituose. Eine begeisterte Leserin hatte mir die Flasche als Dankeschön für eine inspirierende Kurzgeschichte geschickt, die in einer kleinen Zeitung erschienen war. Lange Zeit war mir unklar warum. In diesem Augenblick beantwortete sich das Rätsel wie von selbst. Fast gleichzeitig starrten Muckenhaupt und ich auf das kitschige Etikett, das den Khan auf einem tänzelnden Pferd sitzend zeigte, während im Hintergrund die Sonne unterging.

Der Kriminalkommissar sprach es nicht aus, aber sein inzwischen albern grinsendes Gesicht verriet, dass eine ähnliche Flasche offensichtlich in einem ungeklärten Fall als Beweisstück diente. Kichernd trank er erst einen Schluck aus der Tasse, sparte sich jedoch weitere Umstände und nahm stattdessen gierig einen kräftigen Zug aus der Flasche. Dann legte er mir eine Hand auf die Schulter, schaute mit glasigem Blick abwechselnd in mein linkes und dann in mein rechtes Auge.

»Ich will Ihnen mal was sagen. Hören Sie gut zu. Meine Frau, die Uschi, hat in diesem Jahr genullt. Funzlig! Fünfzlig! Vierzig plus, plus, plus ... Jedenfalls ist sie seit diesem Tag eine bekennende Hexe. Trifft regelmäßig andere komisch gekleidete Frauen, so im Kartoffelsackdesign. Können Sie mir wirklich glauben!« Erneut nahm er einen tiefen Zug aus der Flasche und bewegte die Flüssigkeit gedankenverloren im Mund hin und her. Glücklicherweise schluckte er die hochprozentige Spülung hinunter. »Letzte Woche, mein Freund, bin ich meiner Uschi heimlich gefolgt. Mitten in der Nacht. Vollmond. Was soll ich Ihnen sagen. Mit fünf anderen Frauen, allesamt nackt, tanzte sie um die Dicke Marie. Die Dicke Marie! Sie wissen schon. Ich meine die alte, knorrige Stieleiche. Mit Küchenmessern!«

Mit der freien Hand beschrieb er eine schwungvolle Bewegung, die nicht nur mir Angst machte, sondern garantiert auch allen anderen Männern, die Haare zu Berge stehen lassen durfte. Natürlich wusste ich, bei der Dicken Marie handelte es sich um den ältesten Baum Berlins. Über neunhundert Jahre alt. Das Naturdenkmal fristete ihr Dasein nördlich des Großen Malchsees in Tegel.

Abrupt nahm Muckenhaupt seine Hand von meiner Schulter, trat zwei Schritte rückwärts, balancierte sich aus und sagte dann vorwurfsvoll: »Stellen Sie sich das mal vor. Nackte Frauen tanzen händehaltend um einen Baum. Sie juchzen, tirilieren und frohlocken. Gewaltige Brüste.« Er bemühte sich, die Reichhaltigkeit der Formen durch weit gespreizte Finger zu verdeutlichen. »Mächtig gewaltige Brüste und Schenkel glänzen im Mondlicht. Ihre Silhouetten werfen riesige Schatten auf den vollgeblätterten Boden. Unverständliches Gemurmel hallt durch die Nacht. Ich sage Ihnen, das sind schamanische Rituale. Vielleicht auch okkultistische. Niemand weiß das so genau. Schrecklich, oder?«

Muckenhaupt hatte Angst. Die Mordfälle, allesamt von Frauen begangen, und die Tatsache, dass seine Uschi meine Bücher nicht nur las, sondern, wie er es formulierte, jedes Detail genau studiere, hatte den Instinkt des Ermittlers geweckt. Dass die eigene Frau glaubte, die Hexe in sich entdeckt zu haben und dies mit Gleichgesinnten auslebte, ließen bei Kriminalhauptkommissar Muckenhaupt alle Signale rot leuchten. Die Vorstellung, eine meiner mörderischen Fantasien könnte ihr und den anderen hopsenden Frauen als Offenbarung dienen, hatte ihn zu dem Besuch bei mir veranlasst. Nun ruhte sein Blick, soweit der Zustand es noch zuließ, auf meinem Schreibtisch und den handschriftlichen Notizen.

»Ich liebe meine Frau! Verstehen Sie? Was Augen hat, kommt nicht auf den Teller. Seit Jahrzehnten esse ich ihr zuliebe nichts Zwei- oder Vierbeiniges mehr. Aber seitdem sie ein halbes Jahrhundert alt ist, hat sich alles verändert.«

Er hielt inne, begutachtete die Flasche, setzte sie an, überlegte es sich jedoch und zwinkerte stattdessen Dschingis Khan zu. »Sie hat was vor. Irgendwas hat die Uschi vor. Ich weiß es! Null Zweifel.«

Ratlos betrachtete ich den Beamten des Landeskriminalamtes. Ich hatte keine Ahnung, wie ich ihm helfen konnte. Abgesehen davon befürchtete ich, dass er sich auf mein Sofa legen, in die Kuscheldecke einhüllen und seinen Rausch ausschlafen würde. Aber noch hielt er sich tapfer auf den Beinen.

»Sie müssen mir versprechen, keine einzige Geschichte zu schreiben, in der ein dünner Polizist vorkommt. Und nackte Frauen, die Ringelreihe um Bäume tanzen auch nicht.«

Vorsichtshalber nickte ich.

Erleichtert stellte er die nun fast leere Flasche Wodka vorsichtig auf meinen Tisch und umarmte mich dankbar. Ohne ein weiteres Wort zu sagen, schlüpfte er mit den bloßen Füßen in seine Schuhe und schloss anschließend die Wohnungstür leise hinter sich. Ratlos blieben der alte Khan und ich zurück.

Gedankenschwer schüttelte ich den Kopf. Muckenhaupts Frau war nur eine von vielen, die sich auf einen Selbsterfahrungstrip begaben. Die Angst des Kriminalbeamten schien mir völlig unbegründet. Berlin galt inzwischen als Hauptstadt der Hexen, hatte ein Nachrichtenjournal erst vor Wochen berichtet. Es gab Hexenstammtische und Läden, die umfangreiche mystische Gegenstände anboten. Selbst professionelle Webseiten halfen mit Ratschlägen und geheimnisvollen Rezepten, um Zipperlein zu kurieren. Kurse wurden angeboten. Liebeskummerdragees selbstgemacht. Trancetanz – das ekstatische Vorspiel – Basis- oder Fortgeschrittenenkurs. Der Workshop ›Anti-Mobbingtee bei Vollmond zupfen‹ war seit Wochen ausgebucht.

Ich stellte die Flasche Dschingis Khans Rache in den Kühlschrank. Nachdenklich goss ich den Rest des Wodkas aus Muckenhaupts Tasse in den Ausguss. Natürlich hatte ich als Autor eine Verantwortung. Selbstverständlich wollte ich nicht, dass durch meine Zeilen jemand zu Schaden kommt, geschweige denn getötet wird. Alles was ich schrieb, war Fiktion. Unterhaltungsliteratur, nur bedingt ernst zu nehmen. Es mag Mordfälle gegeben haben, die Parallelen zu meinen Geschichten aufweisen. Niemand konnte mir das ernsthaft vorwerfen. Dass Fantasie Realität wurde, war doch nur das Hirngespinst eines überdrehten Kommissars. Oder?

Es gab nur eine Möglichkeit das herauszufinden. Abgesehen davon hatte ich das Thema der modernen Hexen bisher nicht beachtet. Zaghaft setzte ich mich an meinen Schreibtisch und las die letzten Zeilen, die ich vor seinem Besuch geschrieben hatte.

Sofort war mir klar, dass etwas Schreckliches geschehen würde. Schicksal kennt keine Gnade. Noch zögerte ich, die Tür zu öffnen …

Langsam nahm ich den Stift in die Hand und begann, Wort für Wort aneinanderzureihen.

Ein überaus dünner Mann stand vor meiner Wohnungstür …

Die Einzige

»Nach ungefähr 20 Jahren Ehe, kratze ich schließlich an der Oberfläche dessen, was Frauen wollen. Und ich glaube, die Antwort liegt irgendwo zwischen Gesprächen und Schokolade.«

MEL GIBSON

Die Manipulation an den Stahlseilen und Sicherungsvorkehrungen des Fahrstuhls dezimierte das Personal der Buchhaltungsabteilung innerhalb weniger Sekunden beträchtlich. Der freie Fall aus der dreiundzwanzigsten Etage des Treptowers ermöglichte zumindest den sonst so zerstrittenen Mitarbeitern des Inkassounternehmens letztmalig ein intensives Gemeinschaftsgefühl. Die Damen und Herren des Rechnungswesens gedachten gerade, ihre Mittagspause in der Kantine zu genießen. Von ihrem Todesurteil ahnten sie natürlich nichts, zumal der Hausmeister Henning Udermann schon aus rein logistischen Gründen die Henkersmalzeit versagen musste. Auch war er sich absolut sicher, Beschwerden würde es keine geben. Mit einer großzügigen Geste hatte er den Kollegen den Vortritt gelassen und gewartet, bis die überheblichen Gesichter der Büroangestellten hinter der Fahrstuhltür verschwunden waren. Genüsslich hatte er dann auf den Knopf der Fernbedienung gedrückt und jene Sprengladung wirken lassen, die dem Stahlseil mehr abverlangte, als dieses technisch zu tragen in der Lage war.

Genau in diesem Moment dachte er an seine E-Mail-Bekanntschaft und ihren amüsanten Streit, ob es sich mit vollem Magen besser stirbt als mit leerem. Udermanns E-Mail-Freundschaft legte sich auf die nüchterne Variante fest, schon deswegen, um bei einer eventuellen Obduktion einen halbwegs vernünftigen Eindruck zu hinterlassen. Er dagegen bezog die Position, die letzte Mahlzeit seines Lebens wäre idealerweise Currywurst mit Pommes frites. Persönlich bevorzuge er jene von Konnopke's Imbiß an der Schönhauser Allee, direkt unter der Hochbahn.

In einer der vielen Nachrichten, die sie sich seit Monaten schrieben, gab es auch eine Phase, in der sie über William Shakespeare philosophierten. Beide mochten die dramatischen Verwicklungen, die sprachliche Größe der alten Werke und die tragischen Auflösungen. Abgesehen davon stimmten sie in ihren Auffassungen überein, unliebsame Personen gelegentlich zu beseitigen, entspanne die Arbeitsatmosphäre positiv, rein hypothetisch natürlich.

Für die Belegschaft des Büros für Rechnungswesen waren derartige Überlegungen unwichtig. Das einheitlich markerschütternde Kreischen und das darauf folgende beeindruckend dumpfe Krachen aus den Tiefen des Schachts, ließen den Hausmeister zufrieden Kreuzchen hinter sieben Namen setzten.

»S-s-ieben au-au-auf einen Strei-ei-eich«, flüsterte er stotternd und hätte am liebsten dem märchenhaften Vorbild dankbar auf die Schulter geklopft. Anschließend befestigte er ordentlich ein Schild mit dem Hinweis ›Aufzug defekt‹ an der Fahrstuhltür und ging lächelnd zu den anderen Büros. Es sollte eine Weile dauern, bis man zu dem zerstörten Fahrstuhl vordringen konnte. An allen Türen der Kelleretage hatte er vorsichtshalber die Schlösser gewechselt.

Kurz darauf öffnete Udermann vorsichtig eine Bürotür, hinter der sich die eingeschworene Gemeinschaft der Tomaten-Mozzarella-Fraktion befand. Die vier schwergewichtigen Damen des Mahnwesens hatten zwar das ungewöhnliche Krachen gehört, jedoch war ihr Appetit größer als ihre Neugier. Abgesehen davon war ihnen die Mittagspause heilig. Nichts und niemand durfte ihre halbe Stunde stören. Jeden Tag, fünfmal die Woche, verpassten sie dem schnöden Büro dreißig Minuten lang einen Hauch von mediterranem Ambiente. In dieser Zeit lauschte die verschworene Bürogemeinschaft, während sie auf mit Deckchen drapierten Edelstahlplatten Scheiben mit Biotomaten und Büffelmozzarella anrichteten und mit selbstgezogenem Basilikum garnierten, den Liedern von Eros Ramazzotti.

Die Vibrationen, die einen Augenblick aus den Gedärmen des Hochhauses die Wände heraufgekrochen waren, standen in keinem Verhältnis zu jenen Erschütterungen, die der italienische Schnulzensänger bei den gewichtigen Herzen auslöste. Lustvoll hatten sie die rot-weiß-grün arrangierten Köstlichkeiten, die noch mit einem Schwung kaltgepresstem Olivenöl geadelt worden waren, mit sinnlicher Freude verspeist.

Üblicherweise reagierten die Damen nicht auf Udermanns Eintreten. Der Mann war Hausmeister. Er gehörte also zu jenen Vertretern einer niederen Personalebene, die zwar auf Beschwerden zu reagieren hatte, jedoch nicht erwarten durfte, dass ihr zugehört wurde. Mit den Jahren hatte er gelernt, Anliegen besser auf ein Blatt Papier zu schreiben, um nicht ihr mühsam unterdrücktes Grinsen ertragen zu müssen, sobald er versuchte, ein Problem zu erläutern. Zwar hatten sie ihn nie direkt auf sein Stottern angesprochen, aber er konnte es in den Augen lesen, dass sie sich über ihn lustig machten. Manchmal erlaubten sie sich einen Spaß und taten so, als hätten sie ihn nicht richtig verstanden, nur um ihn noch einmal zu quälen.

Um dem aus dem Weg zu gehen, hielt er es für besser, die Anliegen auf Zettel zu schreiben. Er verfügte über eine schöne Handschrift. Lesbar, deutlich, schnörkellos. Selbst darüber machten sie sich lustig und bezeichneten sie als Kleinmädchenhandschrift.

Seine E-Mail-Freundin nannte seine Schrift liebevoll ›ein Lächeln auf dem Papier‹. Sie freue sich darauf, es in seinem Gesicht zu entdecken.

Als er an diesem Tag in das Büro für Mahnwesen eintrat, reagierte wie immer niemand. Kein Wunder. Drei der Mitarbeiterinnen des Zickencenters, wie Julia Dreyer gern das Büro umschrieb, ruhten mit dem Gesicht in den Tomaten-Mozzarella-Arrangements. Nur die Vierte starrte krampfhaft auf die

Mozzarellareste, ohne jedoch zu begreifen, dass diese von jenem Gift durchtränkt waren, welches der Hausmeister in der letzten Nacht in beträchtlicher Menge der Salzlake zugeführt hatte. Dann sackte auch sie langsam zur Seite und krachte auf den Boden, während Eros Ramazzotti ›C'è Una Melodia‹ schmachtend säuselte. Zufrieden zeichnete Udermann auf der Liste auch hinter ihren Namen ein Kreuzchen.

»Has-s-s-sta la vis-s-ssta B-b-baby!«, sagte er und ärgerte sich im selben Moment, dass ihm die Worte nicht in einem Zug über die Lippen kamen. Wütend schlug er die Tür zu und verschloss sie. Vorerst sollte niemand das Ergebnis seiner Arbeit zu Gesicht bekommen.

Die juristische Leiterin des Inkassounternehmens, Julia Dreyer, war die Einzige, die ihn ernst nahm, ihn niemals unterbrach und ihn immer herzlich begrüßte. Seit fünf Jahren arbeitete sie in dem Inkassounternehmen. Auf ihrem Schreibtisch landeten die hoffnungslosen Fälle. Unternehmen, die sich übernommen oder verkalkuliert hatten, durch missgünstige Konkurrenten vom Markt gefegt wurden oder schlicht keine Antworten auf eine sich wandelnde Zeit fanden. Sie galt als freundlich und konstruktiv, konnte aber auch, wenn ein Klient uneinsichtig war, hart und unerbittlich den Rechtsweg beschreiten. Das hatte ihr den Spitznamen ›Liquidatorin‹ eingebracht.

Seit einiger Zeit gab es jedoch das Gerücht, dass Julia Dreyer ihre Aufgabe mit eigenen Interessen verband. Daraufhin hatte die Geschäftsführung eine interne Prüfung durch das Controlling veranlasst und jeden Mitarbeiter zum Stillschweigen verpflichtet. Der Verdacht von Korruption und Bestechlichkeit durfte auf keinen Fall der Konzernführung bekannt werden. Dass ausgewählte Kunden gezielt Warnungen erhielten, um rechtzeitig Geld aus den angeschlagenen Unternehmen zu ziehen, bevor ein Gerichtsvollzieher seines Amtes walten konnte, besaß immensen Sprengstoff. Die attraktive Liquidatorin stand im Mittelpunkt der Untersuchung, da nur sie einen Gesamtüberblick über alle in Zahlungsschwierigkeiten geratenen Firmen besaß. Udermann wusste das. Auch gab es keinen Zweifel, dass Julia Dreyer tatsächlich einzelnen Schicksalen geholfen hatte, zumindest einen Teil ihres Vermögens zu retten. Dass diese Großzügigkeit dankbar mit Geld aufgewogen wurde, war nach seinem Verständnis mehr als gerecht.

Seit der ersten Begegnung bewunderte er die kleine energische Person, nicht nur weil sie attraktiv war, sondern weil sie ihm das Gefühl gab, ihn so zu sehen, wie er wirklich war. Zwei winzige Grübchen, die ihr Gesicht verzierten, konnten einen schlechten Tag zu einem besonderen wandeln. Standesdünkel waren der Mittdreißigerin fremd. Und das, obwohl er nur der Hausmeister des Treptowers war und mit dem Stottern ein Handicap besaß, das die meisten als anstrengend empfanden. Sie hatte ihn immer höflich und achtungsvoll behandelt. Vielleicht ahnte sie etwas von seinem leidvollen Weg, vom Abbruch des Studiums, vom Hohn der anderen, die sich über sein Stottern stets lustig gemacht hatten.

Undeutlich vernahm er Sirenen. Aus den Gedanken gerissen schaute Hausmeister Udermann auf die Uhr. Die Beamten trafen etwas früher ein, als er kalkuliert hatte. Kein ernsthaftes Problem. Dennoch ging er schnellen Schrittes ins Sekretariat der Direktion. Er schloss die Tür auf und nickte zum zweiten Mal an diesem Tag der Sekretärin zu. Normalerweise zog sie, sobald er eintrat, die rechte Augenbraue hoch. Gern gesehen war er auch hier nicht. Diesmal jedoch starrte sie ihn nur mit weit aufgerissenen Augen an, genauso, wie er sie vor einer Stunde verlassen hatte. Den simplen Wunsch, einen Strauß roter Rosen zu hinterlegen, hatte die Sekretärin abgelehnt, zumal die Blumen für Julia Dreyer gedacht waren. Das Vorzimmer des Geschäftsführers sei keine Abstellkammer. Abgesehen davon werde seine persönliche Freundin, wenn überhaupt, nur noch ein einziges Mal im Büro erscheinen, um den Privatkram einzupacken. »Ich habe

Julia Dreyers fristlose Kündigung schon geschrieben. Sie muss nur noch gegengezeichnet werden«, ließ sie ihn in überheblichem Tonfall wissen und zeigte auf den Konferenzraum. Es waren ihre letzten Worte, bevor sie mit weit aufgerissenen Augen, gurgelnden Geräuschen und einer Plastiktüte über dem Kopf, von allen Terminvergaben entbunden wurde.

Weder der Direktor noch die Leiterin des Personalmanagements oder die beiden Mitarbeiter der Controlling-Abteilung, die hinter der schalldichten Tür berieten, wie der Imageschaden für das Unternehmen zu minimieren sei, bekamen von dem verzweifelten Todeskampf etwas mit. Wie sollten sie auch, hatte doch Udermann die Klimaanlage so manipuliert, dass sie stetig Kohlenmonoxid in den Beratungsraum blies. Niemand der Anzugträger bemerkte das Atemgift und keiner der Anwesenden gab zu, dass er plötzlich unter Kopfschmerzen und Müdigkeit litt. Als schließlich der Schwindel einsetzte, war es bis zur Bewusstlosigkeit nur noch ein kleiner Schritt. Innerhalb weniger Minuten war die Beratung beendet. Endgültig.

Udermann holte tief Luft, schloss die Tür zum Allerheiligsten des Inkassounternehmens auf und bewunderte zufrieden die Präzision seiner Arbeit. Schnell öffnete er mit einem Spezialschlüssel die Fenster und stellte die Klimaanlage aus. Kurz darauf konnte er beruhigt durchatmen.

Den Kündigungsbrief fand er in der Unterschriftenmappe. Niemand von denen hier würde noch schlecht über Julia reden. Die Kündigung und das belastende Schreiben verbrannte er im Waschbecken des Sekretariats und spülte die Asche sorgsam weg. Er schaute an sich herunter und bemerkte erst jetzt, dass er noch immer einen Arbeitskittel trug. Aufgeregt zog Udermann ihn aus. In dem kleinen Spiegel über der Spüle kontrollierte er den Sitz der Krawatte, zog sein Jackett gerade und wischte an den Hosenbeinen den Staub von den Schuhen, obwohl er diese erst am Morgen geputzt hatte.

Zufrieden mit dem, was er sah, übte er noch einmal ein

freundliches Lächeln. Er streckte langsam die rechte Hand aus und reichte den Brief dem Spiegelbild. Ein paarmal wiederholte er die Geste, bis er sie als perfekt empfand. Julia würde die Zeilen lesen, seine Handschrift erkennen und dann begreifen.

›*Ich bin Romeo! Dein Romeo! Und ja, ich liebe dich!*‹

Prüfend schaute er auf die Wanduhr. Viel Zeit blieb nicht mehr. Julia Dreyer gehörte zu jenen Menschen, die Pünktlichkeit als ein hohes Gut betrachteten. Gestern hatte sie ihm nur ein paar Zeilen geschrieben und erwähnt, dass sie um 14:00 Uhr im Büro erscheinen müsse, um das Urteil entgegenzunehmen. Während er zuerst das Direktionszimmer und dann das Sekretariat abschloss, dachte er sich erneut: ›Es ist ein guter Tag, sich zu offenbaren. Der richtige Tag, um seine Liebe zu beweisen.‹

Es war Zufall, dass er Julia Dreyer im Kollwitzkiez bemerkt hatte. Das war fast ein Jahr her. Er selbst saß im Café Anna Blume, um den Sonntag zu genießen. Er beobachtete Julia, als sie aus dem Prenzelberger Bücherbaum einen schmalen Band mit Gedichten zog. Minuten vorher hatte er Rilkes Verse in eine der Aushöhlungen der fünf Baumstämme platziert, die als Buchregal dienten und Passanten einluden, bei Gefallen einfach ein Buch mitzunehmen. Gedichte konnte er fast ohne zu zögern aufsagen. Ihr Rhythmus ließ ihn sein Stottern vergessen.

Ihm stockte der Atem, als er die zauberhafte Abteilungsleiterin entdeckte. Selbst in ihrer Freizeit sah sie überwältigend aus. Ein Gesamtkunstwerk einer Frau. Und sie war allein. Am folgenden Sonntag sah er sie erneut, wieder am Bücherbaum. Sie stellte das Exemplar zurück und nahm sich einen anderen Band heraus. Offensichtlich mochte auch sie Gedichte. Udermann hatte geahnt, welches Buch ihr gefallen würde. Jannis Ritsos ›Kleine Suite in rotem Dur‹. Neugierig schlug sie die erste Seite auf. Das Buch war neu.

›*Für Julia von Romeo.*‹ Dann eine Frage: ›*Welche Farbe hat dein Lächeln?*‹

Erstaunt schaute sie sich um, ohne den Hausmeister jedoch zu entdecken. Ihr Gesicht verriet, dass sie ernsthaft darüber nachdachte, ob der Zufall sich mit ihrem Namen einen Spaß erlaubte oder jemand auf ungewöhnliche Weise ihr Interesse wecken wollte. Sie steckte das Buch ein und amüsiert beobachtete er, wie sie schnellen Schrittes die Sredzkistraße entlangspazierte, ohne sich noch einmal umzudrehen. Eine Woche später stand das Buch wieder im Regal. Kaum war sie verschwunden, hatte er es in seinen Besitz gebracht und sich in ein Café gesetzt. Er ließ sich Zeit, bestellte einen Cappuccino, und sobald dieser serviert war, blätterte er erwartungsvoll die erste Seite um. Ihre Handschrift war sympathisch, schwungvoll, auf eine nette Art verspielt. Henning Udermann hatte nichts anderes erwartet.

Die Frage nach dem Lächeln hatte sie beantwortet. ›*Es ist von jenem unberührten Weiß, das der Morgentau auf den Blättern hinterlässt, bevor das Sonnenlicht sie streichelt. Kennen wir uns?*‹

Henning Udermann prüfte erneut den Sitz der Krawatte, während er an den Bürotüren des Inkassounternehmens vorbei ging. Er musste lächeln bei dem Gedanken an ihre erste romantische Konversation. Ihre Frage, ob sie einander kannten, blieb unbeantwortet. Was hätte er darauf antworten sollen?

›*Ich bin jener Hausmeister, der Ihnen im Büro jeden Wunsch von den Augen abliest.*‹

Abgesehen davon war es vor einem Jahr noch zu früh gewesen, sich zu offenbaren.

Tatsächlich hatte er es im Bürotower regelmäßig so eingerichtet, dass er Julia über den Weg laufen musste, wenn er seinen Kontrollgang absolvierte. Natürlich ahnte sie nicht, dass die Bücher von ihm stammten. Er reparierte das Türschloss oder beseitigte Probleme mit der Klimaanlage. Bei einer anderen Gelegenheit erfüllte er ihre Bitte, einen eigenen Vierkantschlüssel zu besitzen, um die Fenster im dreiundzwanzigsten Stockwerk bei Bedarf öffnen zu können. Sie ersticke fast an der künstlichen Luft, die sie als beklemmend empfand. Dankbar hatte sie den Spezialschlüssel verwahrt und Verschwiegenheit gelobt. Es war eine konspirative Absprache, die jeglichen technischen Anweisungen widersprach und ihn den Job kosten konnte. Aber es brachte ihm eine Tasse Kaffee sowie einen Teller mit selbstgebackenen Keksen ein.

In einer Reclam Ausgabe von Hölderlins Gedichten stand auf Seite vierundzwanzig schließlich eine E-Mail-Adresse. Seitdem schrieb er ihr täglich. Und sie antwortete darauf. Schmunzelnd hatte er einmal geschrieben: Es sei Liebe mit dem ersten Wort.

So, wie es Menschen gibt, die all ihre Sorgen dem Friseur erzählen, so begann sie irgendwann über die Kollegen, die Arbeit und ihre Probleme zu reden. Niemals konkret. Dennoch wusste er, was sie meinte. Vor drei Wochen hatte sie ihm anvertraut.

Mein geliebter Romeo! Alles, was man mir vorwirft, ist wahr. Ja, ich habe das Unternehmen betrogen. Ich wollte nur ein Stück des Kuchens abhaben. Jeder tut das, oder? Einer der Klienten, der letzte Spross einer Familiendynastie, mit dem ich einen Deal verabredet hatte, hat in seinem Abschiedsbrief der Nachwelt die Wahrheit verkündet. Die Welt ist schlecht und alle anderen sind schuld daran, dass er mit dem Familienunternehmen gescheitert sei. Danach folgten Namen, Beschuldigungen und gezahlte Beträge. Meiner war auch dabei. Offensichtlich dachte der Kerl ernsthaft, er sei der Messias. Was für eine bittere Lehre. Der Brief wurde der Firmenleitung zugestellt. Jeder hat Dreck am Stecken. Nur mich wollen sie nun opfern. Jetzt bin ich für jede Unregelmäßigkeit verantwortlich, die diese Prüfer gefunden haben. Gäbe es diesen einen verräterischen Brief nicht und jene, die davon wissen, die Beschuldigungen wären nur Schall und Rauch. Am liebsten möchte ich allen den Hals umdrehen und mich an einem unbekannten Ort für immer verkriechen. Das wäre nach meinem Geschmack. Mit einem großen Finale von der Bühne treten. Vielleicht ist es aber auch besser, wenn ich mich aus dem Fenster stürze.

Deine Julia!

Udermann hatte die Verzweiflung der Abteilungsleiterin gespürt. Auch er war verzweifelt. Lange hatte er überlegt, was zu tun sei. Dann wurde ihm klar, wie er seine Liebe beweisen konnte.

Geliebte Julia!

Aus dieser Feinde unheilvollem Schoß, das Leben zweier Liebender entsprang. Für uns wird es kein unglückseliges Ende nehmen. Ich verspreche es dir.

Dein Romeo

Inzwischen musste Julia in ihrem Büro sein, um darauf zu warten, dass man ihr die Kündigung aushändigte. Er atmete tief durch, wechselte den Rosenstrauß von der einen in die andere Hand. Dann klopfte er an ihre Tür. Aber das »Ja, bitte!«, blieb aus. Erstaunlicherweise war die Tür abgeschlossen. Erneut klopfte er, energischer, als beim ersten Mal. Doch noch immer keine Reaktion.

Unruhe machte sich in ihm breit. Er überlegte, ob er später vorbeischauen sollte, entschied sich dann aber, zumindest die Rosen auf den Schreibtisch zu stellen. Mit dem Generalschlüssel öffnete er das Büro, glitt hinein und verschloss es wieder. Aufmerksam schaute er sich um. Auf der Tischplatte lag ein Briefumschlag. Ein kalter Schauer lief ihm über den Rücken. Entsetzt bemerkte er, dass das Fenster weit geöffnet war. Direkt davor stand der Bürostuhl. Ihre hübschen Pumps standen geordnet sorgsam daneben. Aus der Ferne hörte er jetzt deutlich Polizeisirenen. Verzweifelt starrte er abwechselnd auf die Schuhe, den Stuhl, den Brief und das offene Fenster.

»Julia!«

Tränen füllten seine Augen. Er musste sich am Tisch festhalten, um nicht das Gleichgewicht zu verlieren. Mühsam kamen die Worte, die sich sonst schwertaten, fließend über die Lippen:

»War alles umsonst? Hat das Schicksal den Plan geändert, gar mit Augenzwinkern dem Tod ein Zeichen gegeben? Was hält mich hier noch? Was ich getan, tat ich für dich. Welch Sinn hat dies unnütze Leben noch?«

Der Rosenstrauß entglitt seiner Hand und fiel auf den Teppich. Hastig löste er den Krawattenknoten, um besser atmen zu können. Ein Gedanke ließ ihn erschaudern.

»Einmal sollen unsere Schuhe nebeneinanderstehen. Ist auch die Illusion nur eine süße Lüge.«

Behäbig zog er sie aus, ging zum Fenster und schob sie neben ihre. Er überlegte kurz, ob er in die Tiefe schauen sollte, um sie ein letztes Mal zu betrachten. Energisch schüttelte er den Kopf und flüsterte: »Welch grauenhafter Wahn, den lieblichen Körper zerschmetter zu sehen. Nein, ich wage es nicht, in den Abgrund zu schauen! Julia ich bin dein. Was die Liebe tun kann, dazu hat sie auch den Mut!«

Mit zittrigen Knien, aber energischer Entschlossenheit stellte sich Udermann auf den Stuhl. Schritte hasteten den Flur entlang. Stimmen waren zu hören, die sich hektisch einander etwas zuriefen.

»Sie kommen. Sie wollen mich holen. Welch unnützer Versuch, mich von deiner Seite zu reißen. Nur einen Augenblick noch, Julia. Es schaudert mich. Dennoch, ich weiß, im Schoß der Endgültigkeit werden wir vereint sein.«

Entschlossen stieg er auf den Stuhl und schaute zur Tür. In jenem Moment, als sie aufgerissen wurde, ließ sich der Hausmeister Henning Udermann rücklings in die Tiefe fallen. Das Letzte, was er sah, waren die beiden Grübchen in dem zauberhaften Gesicht der Liquidatorin.

Sie wusste, dass er Romeo war. Sie wusste es die ganze Zeit. Ein kaltes erleichtertes Lächeln verriet, dass Julias teuflischer Plan aufgegangen war.

Der Lottokönig

»Die Ehe ist eine gegenseitige Freiheitsberaubung in beiderseitigem Einvernehmen.«
OSCAR WILDE

Kein Zweifel, das Schreiben war eindeutig an ihn adressiert. ›An den leitenden Beamten im Mordfall Karl Binder.‹ Kriminalhauptkommissar Noah Hoffmann war der verantwortliche Ermittler im Landeskriminalamt Berlin, allerdings lag der Fall mehr als zwanzig Jahre zurück.

»Sie sollen mir nur diesen Brief übergeben? Nichts weiter?«

Der Anwalt nickte und wies auf zwei Stellen eines Formulars. »Nur diesen Brief, verbunden mit der Anweisung ihn persönlich heute auszuhändigen. Wenn Sie so freundlich wären ... Sie bestätigen lediglich den Empfang des Letzten Willens meines Auftraggebers.« Der Anwalt zog einen billigen Kugelschreiber aus dem Jackett und reichte ihn über den Tisch.

Als Kriminalhauptkommissar Hoffmann wieder allein im Büro war, betrachtete er misstrauisch den ungeöffneten Brief, der auf dem Schreibtisch lag. Als Absender war Karl Binder vermerkt. Post von einem Toten zu bekommen, versprach nichts Gutes. Auch sein Magen begriff das, denn er warnte mit einem pochenden Schmerz vor jenen Zeilen, die an ihn gerichtete waren.

Der alte Kriminalhauptkommissar konnte sich an den Fall Binder erinnern, selbst an das damalige Wetter.

Ein unangenehmer Schneeregen hatte sich den ganzen Tag in Berlin festgesetzt und dafür gesorgt, dass er mit Gliederschmerzen, Husten und tropfender Nase schlechtgelaunt am Flughafen Tegel eintraf. Kollegen der Police judiciaire, der französischen Kriminalpolizei, hatten um Mithilfe gebeten und ihm war der

Auftrag zugeteilt worden.

Karl Binder wurde vor über zwanzig Jahren von einer französischen Putzfrau tot aufgefunden. Die Obduktion ergab, dass er vergiftet worden war. Vierundvierzig Jahre. Vertreter. Von Montag bis Freitag auf Dienstreise. Oft sogar am Wochenende. Zumindest hatte der Mann das seiner Familie in Deutschland suggeriert. Frau und Tochter ließ er in dem Glauben, dass er zwar hart arbeitete, jedoch nur mäßig verdiente. Die Familie Binder lebte daher in einer schlichten Wohnung im Märkischen Viertel in Reinickendorf unter bestenfalls bescheidenen Verhältnissen.

Die Leiche Karl Binders allerdings befand sich in einer noblen Dachgeschosswohnung in Paris Montmartre. Binder hatte das Appartement angemietet und nach seinen Vorstellungen ausstatten lassen. Die Zahlung der Miete ohne Nebenkosten überstieg das Gehalt eines Vertreters um einiges. Eine Sauna mit großzügigem Swimmingpool, eine riesige Dachterrasse und ein den modernsten Anforderungen genügendes Heimkino zeugten von einem beträchtlichen Vermögen. Die Antwort auf die Frage, wie ein kleiner Vertreter für Medizintechnik sich das leisten konnte, fanden die französischen Kriminalbeamten in seinen Unterlagen. Die Quittung über die Barauszahlung eines Lotteriegewinnes aus dem Jahr 2001 belief sich über die stolze Summe von 7,6 Millionen Francs. Damals war es einem Unbekannten gelungen, den Jackpot zu knacken. Karl Binder war der Glückspilz. Offensichtlich hatte der Lottokönig es jedoch vorgezogen, seiner Familie den Gewinn zu verschweigen, und hatte stattdessen lieber verschwenderisch gelebt. Allerdings fanden die Beamten der Police judiciaire nur einen lächerlichen Betrag an Bargeld, den der Tote bei sich trug. Eine Summe, die gerademal ausreichte, die Beerdigung zu bezahlen. Das restliche Geld war verschwunden.

An jenem winterlichen Morgen hatte Kriminalhauptkommissar Noah Hoffmann mit den Ermittlungen begonnen.

Es stellte sich heraus, dass Karl Binder ein ziemlich niederträchtiger Mensch gewesen sein musste. Am Wochenende der erschöpfte, gestresste Familienvater und in der Woche Spaß ohne Ende. Meist begab er sich schon am Sonntagabend auf seine Vertretertour, wie er behauptete, stattdessen flog er aber nach Paris. Regelmäßig hatte er bei der französischen Begleitagentur ›Luxury Escorts Paris‹ professionelle Vergnügungen geordert, mit denen er in der Stadt der Liebe das Nachtleben genoss. Medizintechnik verkaufte er dabei allerdings nicht. Ein perfektes Doppelleben.

Der Brief lag noch immer bedrohlich auf dem Tisch. ›An den leitenden Beamten im Mordfall Karl Binder.‹ Sein Magen schmerzte weiterhin. Vorsichtshalber trank er Kamillentee und hoffte, das duftende Gebräu möge seinen nervösen Magen beruhigen.

Er hatte sich die verstaubte Mordakte bringen lassen, die nun ebenfalls auf dem Tisch lag. Der alte Kommissar wollte sie griffbereit haben, da er sich nicht mehr an alle Details erinnern konnte. Vorsichtig strich er mit dem Finger über die Handschrift, die auf dem A4 großen braunen Umschlag mit einem Füller geschrieben stand. Es gab keinen Zweifel, dass es jene des Ermordeten war.

Mit einem Seufzen schlug er die Akte auf. Noah Hoffmann spürte sofort eine gewisse Erschöpfung, die ihn immer dann überkam, wenn er einem abgeschlossen geglaubten Vorgang erneut seine Aufmerksamkeit widmen musste.

Er überflog das Deckblatt. Karl Binder. Jahrgang 1960. Geburtsort Berlin. Keine Geschwister. Vater unbekannt. Mutter frühzeitig an Lungenkrebs gestorben. Offensichtlich gab es eine Veranlagung innerhalb der Familie. Als Nebenergebnis der Obduktion in Paris hatte man auch bei Karl Binder einen positiven Befund dokumentiert. Das Protokoll der Rechtsmedizin diagnostizierte eine Restlebenserwartung von sechs bis zehn Monaten. Ein ärztliches Attest bestätigte, dass Binder es gewusst, aber auf eine Behandlung verzichtet hatte.

Aufmerksam überflog der Kriminalhauptkommissar den Bericht der Spurensicherung und nippte an seinem Tee. Die Leiche wurde im Wohnzimmer gefunden. Auf dem Clubtisch stand eine Tasse Kräutertee, in dessen Teebeutel sich das Gift befand. Aconitin, ein hochwirksames Pflanzengift, gewonnen aus dem Blauen Eisenhut. Der Beutel entstammte einer Packung, die Karl Binder selbst aus Berlin mitgebracht hatte.

Bei der Durchsuchung der Reinickendorfer Wohnung wurde genau dieses Gift in einem kleinen Behältnis nachgewiesen, das versteckt hinter einem Schrank gefunden worden war. Die Ehefrau des Toten, Hannelore Binder, war Apothekerin gewesen und hatte somit Zugang zu entsprechenden Substanzen gehabt. Das Behältnis stammte zweifelsfrei von ihrer Arbeitsstelle. Ihre Behauptung, darin lediglich Kopfschmerztabletten aufbewahrt zu haben, wurde als Versuch gedeutet, sich herauszureden. Außerdem hatte sie in ihrer Ausbildung gelernt, wie man Substanzen konzentrieren konnte. Letztendlich war aber eine Postkarte ausschlaggebend gewesen, die zwischen den Kochbüchern entdeckt worden war. Eine eindeutig weibliche Handschrift teilte anonym mit, dass Karl Binder in Paris in einer luxuriösen Wohnung lebe und offensichtlich mit fremden Frauen Unmengen von Geld ausgebe.

Hannelore Binders Fingerabdrücke befanden sich überall auf der Karte, die den Pariser Eiffelturm zeigte. Ihr Einwand, dass sie diese zwar im Briefkasten gefunden habe, aber außer ihrer Adresse nichts drauf gestanden hätte, hatte der Vorsitzende Richter als unglaubwürdig eingeschätzt. Auch ihre Behauptungen, die Karte sei wenig später verschwunden gewesen, und dass sie keine Ahnung habe, wie diese zwischen die Bücher geraten sei, fand kein Gehör. Das Gericht entschied auf Grundlage der Indizien. Zwar schwor die Verdächtige, dass nichts von dem, was der Staatsanwalt ihr vorwarf, stimmen würde, aber geglaubt wurde ihr nicht. Ihre Motive: Rache und Gier. Der Richter verurteilte sie zu fünfundzwanzig Jahren Haft. Frühestens nach zwanzig Jahren konnte die Strafe auf Bewährung ausgesetzt werden.

Vorsichtig trank Noah Hoffmann einen weiteren Schluck Kamillentee und genoss die Wärme, die seinen Magen ein wenig beruhigte. Hannelore Binder war zum Zeitpunkt der Ermordung ihres Partners einundvierzig Jahre alt. Der Kommissar erinnerte sich an sie. Auch er hatte damals keinerlei Zweifel gehabt, dass sie die Täterin war. Er blickte wieder auf den Brief, stutzte und war sich plötzlich sicher, dass ihre Entlassung in den kommenden Wochen anstand.

Noah Hoffmann blätterte in der Akte und nahm ein Foto heraus. Es zeigte das Bild eines Teenagers. Die Tochter, Jasmin Binder, stand zu jener Zeit kurz vor ihrer Volljährigkeit. Die Trauer über den Verlust des Vaters war eher gering. Verdächtigt wurde sie nicht. Das Verhältnis zu ihrem Vater galt als sehr distanziert. Offensichtlich hatte der jahrelange Einfluss der Mutter Wirkung gezeigt. In ihrem Tagebuch bezeichnete sie ihren Vater als ›Versager‹ oder ›Schwachmat‹ und als ziemlich einfältig.

Noah Hoffmann stand auf und schaute aus dem Fenster des Landeskriminalamtes.

Es war ein trostloser Blick auf vorbeihetzende Passanten. Der November bereitete ihm schlechte Laune. Ein Ziehen im Magen ließ ihn kurz aufstöhnen. Plötzlich freute sich der alte Kommissar auf seine Pension. Er würde dies alles nicht vermissen. Täglich gedachte er, in der Natur spazieren zu gehen. Berlin besaß zauberhafte Parkanlagen. Als er noch Ambitionen hatte zu fotografieren, war er gern in den frühen Morgenstunden unterwegs gewesen, wenn das Licht frisch und die Wege leer gewesen waren. Langsam über die Wiesen laufen, um einen einzigartigen Moment festzuhalten, hatte ihn glücklich gemacht.

Misstrauisch nahm er den Brief und öffnete ihn. Es waren mehrere zusammengeheftete Seiten, darunter ein handschriftlicher Brief.

Einer inneren Stimme folgend setzte er sich wieder auf den Bürostuhl und begann zu lesen.

Betreff: Mordfall Karl Binder

Leider kann ich Sie nicht direkt ansprechen. Zu jenem Zeitpunkt, als ich diese Zeilen zu Papier brachte, war noch nicht klar, wer meinen künftigen Tod untersuchen würde. Wenn alles so gelaufen ist, wie ich es geplant habe, dann dürfte meine Frau wegen Mordes verurteilt worden sein und demnächst wegen guter Führung vorzeitig entlassen werden. Ich gehe davon aus, dass das Gericht nicht eine besondere Schwere der Tat festgestellt hat. Sollte dem doch so sein, wäre das ein zusätzliches Bonbon, von dem ich niemals zu träumen gewagt habe. Zwanzig Jahre sind eine lange Zeit und der Strafe genug.

Sie ahnen es sicherlich, natürlich hat Hannelore nichts mit meinem Tod zu tun. Es war meine freie Entscheidung. Zwei Gründe waren dafür ausschlaggebend. Erstens habe ich mir damit das Elend einer Krebserkrankung im letzten Stadium erspart, wie es meiner Mutter widerfahren ist. Ich gehe davon aus, dass eine rechtsmedizinische Untersuchung mein Krebsleiden festgestellt hat. Zweitens, für mich wichtiger: Ich hatte allen Grund, mich an Hannelore zu rächen.

Hannelore und ich wurden auf einem Geburtstag verkuppelt. Liebe auf den ersten Blick war es nicht, sondern eher die Wirkung von Alkohol und Leichtsinnigkeit. Es kam, wie es kommen musste. Wenige Wochen später trug sie ein Kind unter dem Herzen. Damals war ich ein anständiger Kerl, fühlte mich verantwortlich und redete mir ein, dass ich diese Frau lieben würde. Die Hochzeit folgte. Das Kind wurde ehelich geboren. Ich arbeitete hart, überließ das Geld der Familie und behielt nichts für mich. Das Geld reichte nie. Ständig warf mir Hannelore das vor. Während ich mich abschuftete, blieb sie zu Hause, um sich um die Tochter zu kümmern, wie sie behauptete. Eine Arbeit fand sie nicht, oder deutlicher formuliert, wollte sie nicht finden. Stattdessen tägliche Vorwürfe, Beschimpfungen und Demütigungen. Damals habe ich wirklich geglaubt, der Fehler liege bei mir.

Ich habe noch härter gearbeitet und war noch seltener zu Hause. Jahre später begriff ich, dass das alles ein Lügenkonstrukt war. Nicht einmal das Kind stammte von mir. Wahrscheinlich wusste sie schon von der

Schwangerschaft, als wir uns das erste Mal begegneten. Mit den Jahren erinnerten mich Jasmins Gesichtszüge an jemand anderen. Ein Gentest bei einer holländischen Firma brachte mir die Gewissheit. 99,97 Prozent Sicherheit, dass ich nicht der Vater bin. Hannelore hat in all den Jahren ein Doppelleben geführt. Sie hat sich nicht nur von dem Erzeuger statt Alimente ein Taschengeld zahlen lassen. Schlimmer noch, sie haben sich regelmäßig getroffen. Der Freund, der mich auf dieser Geburtstagsfeier mit dieser Frau verkuppelt hat, war auch der Vater des Kindes. Der Anwalt, der Ihnen heute den Brief übergeben hat, fand das heraus. Damals wollte ich mich sofort scheiden lassen. Aber ich war nie ein Mensch, der etwas schnell entscheidet. Außerdem wollte ich mich rächen, für die verlorenen Jahre.

Paris war immer die Stadt, von der ich seit meiner Jugend geträumt hatte. Zum ersten Mal in meinem Leben beschloss ich, etwas nur für mich zu tun und buchte eine Reise nach Paris, angeblich, um eine Messe zu besuchen. Ich wollte mir ein Wochenende Zeit lassen und in Ruhe über alle Details nachdenken.

Warum ich ein Los der Französischen Lotterie – Française des Jeux – gekauft habe, kann ich Ihnen nicht beantworten. Vielleicht, weil ich beim Glücksspiel bis zu diesem Tag versagt hatte. An diesem Wochenende tat ich sehr viel, was ich mir sonst verbot. Als ich dann aber begriff, dass mir das Glück in der Lotterie wohlgesonnen war, habe ich den Spieß einfach umgedreht. Ich bin mir absolut sicher, dass Hannelore sofort die Scheidung eingereicht hätte, sobald ihr bekannt geworden wäre, dass ich der Gewinner des Jackpots bin. Ein Scheidungsgericht hätte ihr garantiert die Hälfte des Geldes zugesprochen. Eine Vorstellung, die ich zugegebener Maßen nicht ertragen konnte. Ich beschloss also, dafür zu sorgen, dass ihr Leben öde und nichtssagend blieb. Ich kündigte bei jener Firma, bei der ich als Vertreter arbeitete, zahlte mir aber weiterhin jeden Monat sozusagen ein geringes Gehalt. Seitdem amüsierte mich jeder Vorwurf an meiner Unfähigkeit.

Glücklich bin ich allerdings in den Jahren bis zu meinem Tod nie wirklich gewesen. Nun besaß ich mehr Geld, als ich benötigte, geschweige denn ausgeben konnte, und verfügte über unendlich viel Zeit. Ich genoss Kunst und Kultur. Alles was ich begehrte, konnte ich mir leisten. Aber alle Vergnügungen waren pure Illusion. Nur über die Tatsache, dass meine Frau und das Kuckuckskind in bescheidenen Verhältnissen verharrten, empfand ich eine gewisse Genugtuung. Die Jahre, die dieses Miststück mich betrogen und mir de facto gestohlen hat, hatte ich sie nun leiden lassen. Aber als Rache war mir das nicht ausreichend genug. Etwas fehlte. Schließlich vertraute ich einem überzeugenden Motiv, ein paar manipulierten Beweisen, der Routine polizeilicher Ermittlungen und der Weisheit unserer Gerichte.

Ich bin sicher, sie wird immer an mich denken. Möge Hannelore jetzt die restlichen Millionen genießen. Ich hatte meine Rache.

Mit freundlichem Gruß

Karl Binder

Die folgenden Seiten des Briefes enthielten einen Nachweis über den Erwerb des Giftes, eine eidesstattliche Erklärung über den geplanten Suizid und einen Vertrag mit einem Pfandhaus.

Drei Tage später wies Kriminalhauptkommissar Noah Hoffmann auf den freien Platz vor seinem Schreibtisch. »Bitte nehmen Sie Platz. Möchten Sie etwas trinken? Kaffee? Wasser?«

Hannelore Binder würdigte ihn keines Blickes. Sie antwortete auch nicht, setzte sich nach einigem Zögern aber wenigstens auf den Stuhl.

Noah Hoffmann überlegte, wie er beginnen sollte. Nach einigem Zögern sagte er: »Es gibt neue Erkenntnisse in Ihrem Fall, die den Tathergang in einem anderen Licht erscheinen lassen.«

Nervös rückte er mit seinem Stuhl hin und her, rieb die Hände aneinander, als versuchte er, sie zu wärmen. »Ihr Mann hat uns einen Brief zukommen lassen.« Er zog ihn aus einer Mappe und legte ihn vor sich auf den Tisch.

Zum ersten Mal schaute ihn die Frau an.

»In diesem Brief bekennt Karl Binder, Selbstmord begangen zu haben. Die Seiten beschreiben detailliert jeden einzelnen Schritt.«

Er hatte erwartet, dass Hannelore Binder etwas sagen würde, aber sie schwieg.

Noah Hoffmann holte tief Luft, bevor er weiter sprach: »Es gibt keinen Zweifel an der Authentizität des Schreibens und auch nicht daran, dass er seinen Tod als Mord arrangiert hat.«

Er schob ihr den Brief über den Tisch und lehnte sich zurück: »Das Gericht wird Sie vollständig rehabilitieren.« Noah Hoffmann räusperte sich verlegen. »Es tut mir wirklich außerordentlich leid und ich wünschte, ich wäre nicht der verantwortliche Beamte im Fall Binder.«

»Erwarten Sie Absolution von mir?«, fragte sie und ergänzte: »Wann komm ich aus dem Knast?«

»Das wird sehr schnell geschehen. Ich habe alles Notwendige veranlasst.« Mit einer verzweifelten Geste zog er ein weiteres Blatt Papier aus der Akte und legte es vor sich auf den Schreibtisch. Er starrte darauf und vermied es, die Frau ihm gegenüber anzuschauen. Seit Tagen fragte er sich, ob Karl Binder auch das geplant hatte. »Natürlich haben Sie Anspruch auf Haftentschädigung«.

»Die können Sie sich sonst wohin stecken«, zischte Hannelore Binder und blätterte in dem Schreiben ihres Mannes. Verbitterung war ihr anzusehen. Als sie den Vertrag mit dem Pfandhaus erreichte, blickte sie fragend auf.

Noah Hoffmann konnte die Gier in ihren Augen sehen. »Die französischen Kollegen haben tatsächlich in dem Pfandhaus die beschriebenen Koffer sichergestellt. Die Summe beträgt 6,5 Millionen Francs. Unter Berücksichtigung des Wechselkurses wären das zum damaligen Zeitpunkt ungefähr zwölf Millionen D-Mark gewesen. Also nach heutigen Maßstäben fast 5,6 Millionen Euro.«

Sie grinste bitter und murmelte: »Dieser alte Mistkerl. 5,6 Millionen? Wenigstens hinterlässt er mir das Geld.«

Noah Hoffmann begann zu schwitzen. Sein Magen schmerzte und er wünschte sich eine Tasse Kamillentee, um seinen ausgetrockneten Mund zu befeuchten. »Ich muss Ihnen leider noch etwas sagen. Was das Geld angeht, gibt es ein ernstes Problem. Zwar ist es auch heute noch möglich, D-Mark bei der Deutschen Bank gegen Euro einzutauschen, aber leider gilt das nicht für französische Francs. Mit der Währungsumstellung auf den Euro hat die damalige Regierung beschlossen, diese Kulanz nur eine gewisse Zeit zu gewähren.«

Hannelore Binder schaute ihn fragend an. Sie verstand nicht, was der Kriminalhauptkommissar versuchte zu erklären.

»Ein Umtausch der 6,5 Millionen Francs war nur bis zum 17. Februar 2012 möglich. Um es ganz deutlich zu sagen, Sie sind Besitzerin eines beträchtlichen Berges Altpapiers.«

Ebenfalls erschienen

RICHARD WIEMERS:
„BROSS. Showdown im Schlippers“

Ein Slapstick-Krimi, rasant wie eine Fahrt mit dem Autoscooter. Softcover 184 S.,
ISBN: 978-3-943876-74-1, Edition Totengräber

Ein entflohener Top-Verbrecher. Drei impulsive Araber. Viele verdächtige Rentner im Seniorenheim. Und – nicht zuletzt – eine sehr leblose Leiche. Für einen solchen Fall kommt nur einer in Frage: Kommissar Bross, der Mann mit den immer nassen Zigaretten. Scharfsinnig. Präzise. Unerbittlich. Und niemals ohne sein Keyboard unterwegs. Bross. Dieser Mann braucht keinen Vornamen!

CKLKH FISCHERs
„GROSSE KANNIBALENSCHAU“

Ein skurril-unterhaltsamer historischer Roman über die Zeit der Menschenzoos. Softcover 244 S.,
ISBN: 978-3-940767-60-8, Edition Periplaneta

September 1899. In Europa ziehen Völkerschauen Millionen Besucher an. Sie bestaunen Eskimos, Beduinen oder Negerstämme, die im Zoo, Varieté und Zirkus zur Schau gestellt werden. Die Nachfrage nach den Wilden ist riesig. Und so sucht Agent Heinrich Hermann für die Spektakel im Tierpark Hagenbeck in den Kolonien nach den exotischsten Exemplaren.

Eben zurückgekehrt von einer strapaziösen Reise nach Deutsch-Neuguinea, wo er einen Stamm Kopfjäger unter Vertrag genommen hat, genießt er die Zeit mit seiner Familie, die ihn viel zu selten sieht. Doch ihm ist nur wenig Ruhe vergönnt, denn eines Morgens, als er gerade beim Kaffee sitzt, meldet das Dienstmädchen aufgeregt: „Herr Hermann? Da ist jemand vom Tierpark. Er sagt, Sie sollen schnell mitkommen. Er sagt, es eilt. Er sagt auch Ihre Wilden würden – streiken. Und sie hätten sich einen Anwalt genommen.“

CKLKH Fischers historischer Roman über die Zeit der Menschenzoos ist manchmal grotesk, oft auch etwas schräg und sehr kurzweilig. Tolle Unterhaltung für Wilde, Herrenmenschen und für deren Nachfahren.

FLORIAN BALD:
„Ein behaarter Mond"

Über die Vergänglichkeit von Ruhm, Liebe und Lebenslügen, Buch & CD, 170 S./ 74 min.
ISBN: 978-3-943876-76-5

Der Berliner Synchron- und Hörbuchsprecher Frank Schaller wacht eines Morgens auf und hat keine Stimme mehr. An die verhängnisvolle Nacht davor kann er sich nur schemenhaft erinnern. Plötzlich wird ihm bewusst, dass er längst kein Star mehr ist, sondern ein gewöhnlicher Endvierziger, der langsam aus dem Leim geht – mit einer Frau, die ihn verachtet, einem Sohn, der ihn für einen entfernten Bekannten hält und einer Mutter, die schon immer der Meinung war, er solle endlich einen richtigen Beruf ergreifen. Während seine Welt aus den Fugen gerät, erhält Schaller das Angebot, einen Jahrhundertroman einzulesen. Er braucht seine Stimme wieder, und zwar schnell, selbst wenn er dafür sein Leben in Ordnung bringen muss…

Das Buch enthält eine gekürzte Hörbuchfassung auf einer CD, die von Sprecherlegende Charles Rettinghaus eingesprochen wurde.

ANDREAS KECK:
„Untreu – Ein Beziehungsroman"

Wann beginnt ein Seitensprung? Buch, 194 S.,
ISBN: 978-3-940767-79-0, Edition Periplaneta

Ein schickes Haus, zwei hübsche Töchter und der Mann ist äußerst erfolgreich in seinem Job. Christine ist Hausfrau und führt ein glückliches Leben. Doch eines fehlt: die Leidenschaft. Einzig ihr Putzwahn bietet ihr Erfüllung. Als der neue Geschäftspartner ihres Mannes häufiger Gast in ihrem Haus wird, bringt das Christine in emotionale Schwierigkeiten. Ludwig ist von ihr fasziniert. Sie will der Versuchung widerstehen. Doch wo fängt Untreue an und wieviel darf in eine Beziehung investiert werden, bevor es Selbstaufgabe ist?

Mit psychologischem Scharfsinn zeichnet Andreas Keck in seinem dritten Roman das Selbstbild einer Frau, die in der Mitte ihres Lebens alles in Frage stellt – oder es zumindest versucht.

Unser Bücher gibt es überall im Handel und versandkostenfrei auf

www.periplaneta.com

Inhalt

Fadenscheinig 5
Der Scheidungsstammtisch 9
Sand, der durch die Finger rieselt 16
Tiefenrausch 19
Gefallen auf dem Feld der Ehe 27
Wenn Witwen schnurren 35
Anschlussverbindung 44
Späte Erkenntnis 55
Der Umwelt zuliebe 63
Wahl der Blumen 74
Ungewolltes Rendezvous 85
Nur ein Foto 102
Kritik kann töten 109
Das entscheidende Spiel 112
Alles fließt 116
Wohnzimmerlesung 124
Das Kleingedruckte 131
Montagabend 140
Wenn aus Worten Taten werden 149
Die Einzige 159
Der Lottokönig 170